大雅

为一种品格注脚

拜德雅
Paideia

Jules Supervielle

苏佩维埃尔文集

主　编

曹丹红　尉光吉

L'Homme de la pampa

Le Voleur d'enfants

潘帕斯人

Jules Supervielle

苏佩维埃尔 小说集

[法] 于勒·苏佩维埃尔 / 著

顾秋艳 张可馨 / 译

肖慧宁 / 校

广西人民出版社

目　录

总　序

曹丹红

于勒·苏佩维埃尔（Jules Supervielle，1884—1960），法国诗人、小说家、剧作家，生前出版的主要作品包括十九部诗集与诗文选、十三部小说与故事集、六部剧作。

自19世纪上半期乌拉圭独立以来，大批法国人到那里做生意。1880年，苏佩维埃尔的伯父贝尔纳（Bernard）在乌拉圭开设银行，并邀请苏佩维埃尔的父亲于勒（Jules）前去一同经营。于勒在乌拉圭结婚，其妻子玛丽（Marie）是贝尔纳的妻子玛丽-安妮（Marie-Anne）的妹妹。1884年1月16日，苏佩维埃尔出生于蒙得维的亚。同年，苏佩维埃尔的父母回法国探亲，却在奥洛龙-圣玛丽双双突发疾病去世（一说是死于铜绿中毒，一说是死于霍乱）。随父母回国的苏佩维埃尔当时只有八个月大，他先是被托付给在法国的祖母照顾，两岁时随伯父返回乌拉圭，由伯父一家抚养。儿时的苏佩维埃尔对父母去世的悲剧没有记忆，直到九岁才在无意中得知自己的身世。在一些批评家看来，幼年丧失双亲、之后又遗忘这一事件的双重悲剧在无意识之中对他产生了巨大的影响，这种影响后来以直接或间接的方式体现于他一生的文学创作中。

1894 年，伯父一家定居巴黎，苏佩维埃尔也随同返回法国，并进入著名的让松·德·萨伊中学学习，1902 年高中毕业。据苏佩维埃尔自己回忆，他在中学期间读到雨果、缪塞、拉马丁等法国诗人的作品，也产生了创作诗歌的念头，并取得了第一项实践成果，即十六岁时自费出版的首部诗集《过去的雾》(*Brumes du passé*) 。1905 年，苏佩维埃尔加入法国国籍。1907 年，他与同样出生于蒙得维的亚的皮拉尔·萨维德拉(Pilar Saavedra) 在乌拉圭结婚。1912 年，他正式定居巴黎，同年出版诗集《仿佛帆船》(*Comme des voiliers*) 。1914 年，"一战"爆发，他应征入伍，由于健康原因，也因精通多门语言，他被安排在邮检部门工作。

1919 年，苏佩维埃尔出版诗集《悲伤的幽默之诗》(*Les Poèmes de l'humour triste*)。同年，他将先前的诗作合编为《诗集》(*Poèmes*) 出版，引起法国诗坛关注。但他第一部重要的诗集《码头》(*Débarcadères*) 要到 1922 年才出版。之后苏佩维埃尔进入了高产期：1923 年出版小说《潘帕斯人》(*L'Homme de la pampa*) ，1925 年出版诗集《万有引力》(*Gravitations*) ，1926 年出版小说《偷孩子的人》(*Le Voleur d'enfants*) ，1930 年出版诗集《无辜的苦役犯》(*Le Forçat innocent*) ，1931 年出版故事集《远洋上的孩子》(*L'Enfant de la haute mer*) 和剧作《林中美人》(*La Belle au bois*) ，1934 年出版诗集《陌生

的朋友们》（*Les Amis inconnus*），1938 年出版故事集《挪亚方舟》（*L'Arche de Noé*）和诗集《世界的寓言》（*La Fable du monde*）。

1939 年 8 月，苏佩维埃尔回蒙得维的亚参加大儿子的婚礼。他原本计划逗留两个月后返回法国，然而“二战”爆发，他被迫留在蒙得维的亚，在那里生活了近七年。在此期间，他笔耕不辍，与“自由法国”的多份杂志保持合作，尤其为罗歇·凯卢瓦（Roger Caillois）在阿根廷出版的《法国文学》（*Lettres françaises*）和艾田蒲（René Étiemble）在埃及出版的《价值》（*Valeurs*）供稿。1946 年，苏佩维埃尔被任命为乌拉圭驻巴黎公使团荣誉文化专员，得以重返法国。同年，他出版神话故事集《俄耳甫斯》（*Orphée*）。1950 年，他将此书与其他故事合编为《宇宙的第一阵脚步》（*Premiers pas de l'univers*）出版。1951 年，自传《饮于泉》（*Boire à la source*）出版。1959 年，诗人出版最后一部诗集《悲情的身体》（*Le Corps tragique*）。1960 年 5 月 17 日，苏佩维埃尔在巴黎家中病逝，葬于奥洛龙 - 圣玛丽。

1949 年，苏佩维埃尔获得“评论家奖”。1955 年，他凭借诗集《善忘的记忆》（*Oublieuse mémoire*，1949）获得“法兰西学院文学大奖”。1960 年，他获得“诗人王子”称号。“诗人王子”不是官方颁发的荣誉称号，也没有固定的选拔程序，但代表了法国文学界对同时代诗人的最高认可。在苏佩维埃尔之前，获此称号的仅有魏尔伦、马拉美和保罗·福尔（Paul Fort）等少数几位诗人。我们由此也可见苏佩维埃尔在法国诗歌史上的重要性。此外，苏佩维埃尔的影响并不局限于法国，他的作品也受到里尔克等诗人的推崇。《万有引力》出版后，里尔克给苏佩维埃尔写了一封热情洋溢的信，表明自己“非常高兴能够拥有诗人的这部杰作”，认为诗人的话语表现出“珍贵的天赋”，并将其与哥伦布相比，称赞他是“在空间之中搭建桥梁的伟大建筑师”。[1]

* * *

在名家辈出的法国现代文坛，苏佩维埃尔毫无疑问是一个不能被忽略的独特存在。法国诗歌研究专家让 - 米歇尔·默尔波瓦（Jean-Michel Maulpoix）认为苏佩维埃尔是“本世纪最重要的诗人之一”。[2] 在苏佩维埃尔的创作生涯中，有一个特别重要的元素，也就是朋友。法国《快报》（*L'Express*）在 2012 年一篇题为“关于苏佩维埃尔的三件必须知道的事”的小文中，将“他有很多朋友”作为必须知道的第三件事。朋友们对苏佩维埃尔的创作影响体现在各个方面，他在他们的

1 Claude Roy, *Jules Supervielle*, P. Seghers, 1970, pp.28-29.

2 Jean-Michel Maulpoix, « Jules Superveille, le réconciliateur », https://www.maulpoix.net/supervielle.html.

建议下修改作品，在他们的帮助下发表或出版自己的作品，在他们的赞美中树立信心，在他们的拥戴中成为“诗人王子”。可以说，友谊是苏佩维埃尔创作生涯不可或缺的部分。

苏佩维埃尔步入文坛，既是他本人创作才华的必然结果，也借助了友谊的力量。尽管从小表现出写诗的天分，早在中学时代就出版了诗集，但苏佩维埃尔正式步入法国文坛，还要从 1919 年算起。那一年，苏佩维埃尔出版了《诗集》。从后世的评价来看，《诗集》并不是苏佩维埃尔最重要的作品，但当时的“诗人王子”福尔为其写了一篇充满溢美之词的序言，令这部作品受到文坛关注，特别吸引了安德烈·纪德（André Gide）和保罗·瓦莱里（Paul Valéry）的目光。经二人介绍，苏佩维埃尔结识了他们的朋友、时任《新法兰西杂志》（*La Nouvelle Revue française*）主编的雅克·里维埃（Jacques Rivière），并开始定期参加里维埃家中的星期三聚会。诗人的很多作品都是先在《新法兰西杂志》上发表，之后再结集于新法兰西杂志出版社出版。通过里维埃等人，苏佩维埃尔得以进入《新法兰西杂志》供稿者组成的作家圈子，结识了众多在当时深具影响力的作家，除了纪德、瓦莱里、里维埃，还有之后成为《新法兰西杂志》第二任主编的让·波朗（Jean Paulhan），以及瓦莱里·拉尔博（Valery Larbaud）等人。

拉尔博对苏佩维埃尔的影响尤其大。在很长一段时间里，拉尔博都扮演着苏佩维埃尔的导师的角色。拉尔博曾为著名的杂志《交际》（*Commerce*）工作。该杂志由巴夏诺公主玛格丽特·卡埃塔尼（Marguerite Caetani）赞助创办，于 1924 年至 1932 年发行，保罗·瓦莱里、莱昂 - 保罗·法尔格（Léon-Paul Fargue）和拉尔博担任主编，圣 - 琼·佩斯（Saint-John Perse）和波朗担任"执行"主编，是这一时期炙手可热的文学杂志。因为拉尔博的极力推荐和无私帮助，苏佩维埃尔得以在《交际》发表文章，逐渐获得文坛认可。也是在拉尔博的帮助下，《欧洲杂志》（*La Revue européenne*）等重要刊物也开始发表苏佩维埃尔的作品。

苏佩维埃尔的另一位挚友是亨利·米肖（Henri Michaux）。1920 年代初，米肖移居巴黎，苏佩维埃尔接待了他，二人结下一生的友谊。1936 年，米肖在苏佩维埃尔陪同下前往南美洲旅行，先至乌拉圭苏佩维埃尔家中，之后二人又一同前往布宜诺斯艾利斯参加国际笔会大会。苏佩维埃尔研究专家米歇尔·柯罗（Michel Collot）曾说："很长一段时间里，将米肖与苏佩维埃尔联结起来的亲密友情令人吃惊。他们的诗歌与他们的性格从表面看来非常不同。"[1] 不过他也说过："这两位作家通过位于他们内心最深处至为隐秘的深渊相互交流。"[2] 这种深层次的交流之所以可能，一方面在于二人诗

1 Michel Collot, *La Matière-émotion*, PUF, 1997, p.160.

2 Marion Simonin, « Ne ressembler à personne, toucher tout le monde: Supervielle et ses amitiés littéraires », https://www.fabula.org/colloques/document2509.php.

歌的某种相似性，也即内心“深渊”的存在，不少研究者确实指出，“无论在苏佩维埃尔笔下，还是在米肖笔下，从最初的作品开始，疾病、体弱和死亡的主题就频繁出现”[1]；另一方面可能还在于二人诗歌的互补性，仿佛米肖是极端版的苏佩维埃尔，而苏佩维埃尔是温和版的米肖。在二人的交往中，比苏佩维埃尔小十五岁的米肖似乎是受益更大的一方，他在提到苏佩维埃尔时，曾说后者“有一种巨大的愿望，想要安抚人心、让人平静、宁息事端，通过令现实变得无害的词语的魅力，他想要让事物变得简单、不再可怖”[2]，而他本人从苏佩维埃尔具有镇静力量的词句中获得了“驱除内心暴力的方式”[3]。但是，苏佩维埃尔未尝没有从米肖那里获得帮助。在很多人都认为苏佩维埃尔的诗歌简朴纯真、充满异域情趣时，米肖认出了他的“真面目”，说“他那时内心极度躁动”[4]，苏佩维埃尔的诗歌创作的确经历过一个风格相对暴戾残酷的阶段。或许苏佩维埃尔在米肖身上看到了一个知音，并由此获得慰藉。

---

1 Marion Simonin, « Ne ressembler à personne, toucher tout le monde: Supervielle et ses amitiés littéraires », https://www.fabula.org/colloques/document2509.php.

2 Henri Michaux, « Mil neuf cent trente », *La Nouvelle Revue française*, n° 20, août 1954, p.197.

3 Michel Collot, *La Matière-émotion*, PUF, 1997, p.160.

4 Henri Michaux, « Mil neuf cent trente », *La Nouvelle Revue française*, n° 20, août 1954, p.197.

如果说拉尔博是导师、米肖是志同道合的朋友，那么艾田蒲更像是苏佩维埃尔的忠实读者与批评家。艾田蒲比苏佩维埃尔小一辈，与其同时代人一样，他年轻时深受兰波诗歌影响。在巴黎高师念书期间，艾田蒲读到苏佩维埃尔的诗作，深受震撼，感到苏佩维埃尔的诗歌为其提供了走出兰波影响的可能性。在写给诗人的信里，艾田蒲提到，“感谢您，我们得以窥见一种没那么受酒神精神影响的诗歌”[1]，言下之意，将苏佩维埃尔比作日神精神的象征，代表着秩序、清晰，也就是古典主义倾向。但二人真正相识还要到 1938 年。那一年，苏佩维埃尔参加了“蓬蒂尼十日谈”，而当年主持该活动的正是艾田蒲。二人就此建立起深厚的友谊，艾田蒲成为苏佩维埃尔的忠实读者，甚至在苏佩维埃尔的剧作中扮演角色。不久后，艾田蒲赴美国任教，苏佩维埃尔也回到乌拉圭，但二人一直保持着通信联系，深入探讨诗人的作品。艾田蒲犀利的目光与中肯的建议促使诗人对自己的诗歌艺术进行反思，艾田蒲的“新古典主义”兴趣及其对创作之中智性与技巧的推崇深深影响了苏佩维埃尔的诗歌创作。1960 年，诗人去世后不久，艾田蒲出版《苏佩维埃尔》（*Supervielle*）一书，这是一部非常个人化的著作，一部集传记、回忆录、文学批评

1　Jeanine Étiemble, *Correspondance 1936-1959: René Étiemble, Jules Supervielle*, texte établi, annoté, préfacé par Jeanine Étiemble, SEDES, 1969, p.8.

于一体的作品，艾田蒲在其中充满感性地介绍了苏佩维埃尔其人其作，感人至深。

考虑到苏佩维埃尔作品的重要性，1954 年 8 月 1 日，复刊后的《新法兰西杂志》第 20 期组织了“致敬苏佩维埃尔”专栏，保罗·克洛岱尔（Paul Claudel）、米肖、艾田蒲等诗人、作家发表文章。1960 年，曾将苏佩维埃尔带入法国文坛的“诗人王子”福尔去世，《文学、艺术和科学新闻报》（*Les Nouvelles littéraires, artistiques et scientifiques*）在征求过波朗、安德烈·布勒东（André Breton）、让·科克托（Jean Cocteau）和米肖等人的意见后，将“诗人王子”的称号授予他们共同的朋友苏佩维埃尔，可惜他在一个多月后便离世了。同年 10 月 1 日，《新法兰西杂志》第 94 期推出专号“致敬苏佩维埃尔（1884—1960）”，纪念这位四个月前逝世的作家，莫里斯·布朗肖（Maurice Blanchot）、科克托、菲利普·雅各泰（Philippe Jaccottet）、乔治·普莱（Georges Poulet）、克洛德·鲁瓦（Claude Roy）、让·福兰（Jean Follain）等人撰写纪念文章。1966 年至 1987 年，伽利玛出版社的“诗歌”（Poésie）丛书陆续出版了苏佩维埃尔的重要诗作。1990 年，安葬苏佩维埃尔的法国城市奥洛龙 - 圣玛丽设立“于勒·苏佩维埃尔奖”，用以表彰当代法国诗人。1996 年，由柯罗编订的《苏佩维埃尔诗全集》（*Œuvres poétiques complètes*）在伽利玛出版社的“七星文库”（Bibliothèque de la Pléiade）出版，主编在前言中提道：“苏佩维埃尔的作品被不断阅读，读者群体不断扩大，一代又一代不断更新，其作品多个再版的袖珍本与多种语言的译本即见证了这一点。但他的作品还没有在 20 世纪诗歌史中获得应有的位置。”[1]《苏佩维埃尔诗全集》的出版，既是对苏佩维埃尔作品的整理与回顾，以便让后世更好地接受诗人留下的遗产，也标志着苏佩维埃尔从此正式跻身 20 世纪法国主要诗人的行列。

* * *

因其出生地与个人经历，苏佩维埃尔常常被人与于勒・拉福格（Jules Laforgue）和洛特雷阿蒙（Lautréamont）相提并论，与后面两位一起被称为“三个蒙得维的亚人”。尽管长居法国，苏佩维埃尔始终与乌拉圭保持着密切的联系。他求学期间经常回乌拉圭过暑假；在乌拉圭认识了他的妻子皮拉尔（来自蒙得维的亚当地一个显赫的资产阶级家庭）；二人在乌拉圭结婚，婚后两年在南美度过；“一战”结束后，因经济条件优渥，他得以每隔四五年就回乌拉圭度假，在此创作了多部作品；“二战”期间又在乌拉圭逗留了近七年，直至 1946 年返回法国。

---

1 Michel Collot, « Préface: Supervielle entre deux mondes », in Michel Collot éd., *Œuvres poétiques complètes*, Gallimard, coll. Bibliothèque de la Pléiade, 1996, p.IX.

故乡乌拉圭及更广阔的拉丁美洲、将美洲与欧洲隔开的大西洋为苏佩维埃尔的创作提供了无尽的养分。苏佩维埃尔曾在讲座“我是如何成为诗人的”中提到，乌拉圭乡村的空间与自然给他留下深刻的印象，它们成为“他最早的诗歌课”[1]。从他开始写诗起，美洲与大海就自然地出现在他的笔下，诗集《码头》更是以“潘帕斯草原、一间乌拉圭茅屋、邮轮、距离、报警浮球”为副书名，通过这部诗集，“苏佩维埃尔首次成功表达出美洲自然的辽阔与野性”[2]。在之后出版的《潘帕斯人》、《万有引力》、《偷孩子的人》、《幸免于难的人》(*Le Survivant*，1928)、《无辜的苦役犯》等作品中，拉丁美洲为苏佩维埃尔提供了素材、背景、主题、故事、人物，甚至影响了他的创作风格。

但美洲对于苏佩维埃尔来说并非只是异域情调或思乡之情，从更深层次说，美洲为苏佩维埃尔提供了反思欧洲文学和文化的视角。从诗人的作品中，我们能够清晰地看到这种对比与反思的目光的存在，例如，在回忆录《饮于泉》中，诗人提道：“在世上所有的动物中……我最喜欢的是潘帕斯草原上的奶牛——瘦骨嶙峋的、血统不纯的、四处游荡的奶牛，

1 Michel Collot, « Supervielle l’Européen », in *Sujet, monde et langage dans la poésie moderne. De Baudelaire à Ponge*, Classiques Garnier, 2018, p.167.

2 Michel Collot, « Supervielle l’Européen », in *Sujet, monde et langage dans la poésie moderne. De Baudelaire à Ponge*, Classiques Garnier, 2018, p.167.

它们跟雨果笔下的奶牛没有任何一点相似之处。”[1]在诗集《码头》里《再回农场》一诗中，诗人写道：“我与不懂神话的潘帕斯草原融为一体，/ 与荒漠融为一体，它骄傲，因为它自上古起便已是荒漠，/ 却未听说过主宰着古老世界轮回的奥林匹斯诸神。/ 我一头扎进没有历史的平原，抻开那头露宿营外的母牛的硬皮，/ 所谓植被，只有几株盾柱木、刺桐和龙舌兰，/ 草木不知希腊语，也不识拉丁语，/ 却懂得如何用蛮荒之地的机巧 / 来抵御从极地吹来的吃人的风，/ 它们缩成一小团，浑身长着爬满茎刺的树枝和斧头般的叶子。”不识奥林匹斯诸神的美洲荒漠、不懂希腊语和拉丁语的美洲植物及它们的抵抗是一种隐喻，喻示着诗人作品中所有与欧洲传统格格不入因而无法被同化的“怪异之处”，也喻示着诗人从美洲汲取灵感，借以摆脱欧洲诗歌传统影响，实现诗歌创作的创新。

可能正因其深刻意识到异质元素的冲突所带来的创造力，苏佩维埃尔自觉充当起文化中介者，为法国文学与乌拉圭文学、拉美文学、西语文学的交流作出了贡献。除了用文学作品向欧洲读者介绍美洲，他还曾试图对美洲文学展开研究。1910 年，他向索邦大学提交了博士论文选题“西班牙语美洲诗歌中的大自然情感”，1910 年至 1912 年，论文片段曾在索邦大学西班牙语语言文学教授埃内斯特 · 马蒂南什

1 Jules Supervielle, *Boire à la source,* Gallimard, 1951, pp.57-58.

（Ernest Martinenche）创办的《美洲图书馆简报》（*Bulletin de la bibliothèque américaine*）上发表。遗憾的是，不久后，“一战”爆发，苏佩维埃尔应征入伍，不得不放弃博士论文的写作。但他向法国读者介绍美洲的意愿始终没有消失，得益于《欧洲》（*Europe*）等刊物，他获得了传播美洲文学和文化的阵地。1919 年，苏佩维埃尔结识《欧洲》的创办人吕克·迪尔坦（Luc Durtain）和勒内·阿尔科（René Arcos）。杂志的两位创办人一直希望它可以成为一份国际性刊物，苏佩维埃尔因与乌拉圭、阿根廷、巴西的先锋文学保持着联系，自然而然成为其理想的撰稿人。在迪尔坦和阿尔科的支持下，苏佩维埃尔在上面发表了多篇诗文，致力于介绍美洲文化。

此外，上文已提到，“朋友”是苏佩维埃尔创作生涯的关键词，除了法国朋友，苏佩维埃尔也有多位来自拉丁美洲和西班牙的朋友。1913 年，致力于法国与拉丁美洲文学和文化交流的马蒂南什教授创立巴黎大学西语研究中心，创建拉美文学图书馆，出版《美洲图书馆简报》，在身边聚集了一批南美知识分子与学习西语的巴黎大学生。苏佩维埃尔经常出入这个圈子，结识了一批西语作家，比如墨西哥作家阿方索·雷耶斯（Alfonso Reyes）。雷耶斯被认为是墨西哥文学史上文艺复兴大师式的人物。他与苏佩维埃尔的兴趣颇为相似，相比起向“新大陆”介绍巴黎与欧洲风情，他们更关注美洲大陆的自然风光与文学传统，这一点令他们有别于其他拉美作家，也将二人的关系迅速拉近。1927 年，苏佩维埃尔翻译了雷耶斯的诗作《新的爱情》，在《欧洲》上发表。此外，苏佩维埃尔还对当时在巴黎的阿尔弗雷多·甘戈特纳（Alfredo Gangotena）、贡萨洛·萨尔顿比德（Gonzalo Zaldumbide）和里卡多·吉拉尔德斯（Ricardo Güiraldes）等南美作家十分关注，向法国读者推介他们的作品，甚至被马克斯·雅各布（Max Jacob）称为甘戈特纳的“法国制造者”。

文化传播对于苏佩维埃尔来说是双向的。在将美洲文化带至欧洲人面前时，苏佩维埃尔也不忘将法国文学带至美洲，尤其是在被迫“流亡”乌拉圭期间，他曾在蒙得维的亚中美洲大学开展系列讲座，教授当代法国诗歌课程。其课程讲义之后以“诗学要素”（Éléments d'une poétique）为题发表在艾田蒲创办的杂志《价值》1946 年第 5 期上。

* * *

苏佩维埃尔是一位难以归类的作家。有些文学史研究——例如让 - 伊夫·塔迪埃（Jean-Yves Tadié）主编的两卷本《法国文学》（*La Littérature française*）——过快地将其列入超现实主义者名单，实际上，在同时代人眼中，“他通过给予重心理学的超现实主义以致命一击而庇护了我们，我们已经在超现实主义的氛围中挣扎了很多年”[1]，此外，苏佩维埃尔本

1 René Étiemble, *Supervielle*, Gallimard, 1960, p.87.

人也曾说过："我非常注重诗歌主线的透明性，这不会令超现实主义者感兴趣。"[1]

苏佩维埃尔难以归类，首先在于其作品类型的多样性，其一生的创作涵盖了诗歌、小说、故事、戏剧、游记等多种体裁。虽然苏佩维埃尔是"诗人王子"，但他的散文——诗歌、戏剧以外的所有作品——成就并不低于诗歌。《交际》的赞助人玛格丽特·卡埃塔尼最初对于是否要发表苏佩维埃尔的诗作有些犹豫，却被《潘帕斯人》吸引，主动向作家约稿，在她的推动下，拉尔博于 1928 年在杂志上刊发了苏佩维埃尔的《闭上眼睛的潘帕斯草原》。在与玛格丽特·卡埃塔尼的通信中，拉尔博提道："我看到苏佩维埃尔正成长为一位散文家，比写《万有引力》的诗人还要了不起。"[2]拉尔博还曾在《潘帕斯人》出版后为其撰写下热情洋溢的书评，发表在《拉丁美洲杂志》（*Revue de l'Amérique latine*）上，书评指出"这部小说代表着东方共和国（在我看来动静颇大地）走进法兰西文学的入口"[3]。他的评论将苏佩维埃尔的小说带入了大众视野，小说塑造的人物瓜纳米鲁成功地给法国读者留下了深

1 Jules Supervielle, « Éléments d'une poétique », *Valeurs*, n° 5, avril 1946, p.34.

2 Ève Rabaté, « Supervielle, Larbaud et la revue *Commerce* », https://www.fabula.org/colloques/document2505.php#ftn23.

3 Valery Larbaud, « *L'Homme de la Pampa* par Jules Supervielle », *Revue de l'Amérique latine*, n° 25, janvier 1924, p.41.

刻的印象，之后常常被等同于作家本人的化身，小说本身则成为法国文学史上的一部另类经典。

尽管如此，试图评判苏佩维埃尔的诗歌成就与散文成就孰高孰低无疑是不明智的。实际上，苏佩维埃尔的散文也充满诗意，以《远洋上的孩子》这个故事为例，作者在结尾写道："远洋上手肘撑着栏杆发梦的水手们啊，千万别在黑夜里长久地思念所爱的一副面容。你们可能会在荒无人烟的地方创生出一个存在，它有着人类的全部情感，它不能活、不能死、不能爱，却又仿佛活着、爱着、一直濒临着死亡，它是一个在水造就的孤寂之中被无限剥夺的存在，就像这个大西洋上的孩子一样。这个孩子是夏尔·利埃旺某天在脑海里创生出来的。利埃旺来自斯滕福德市镇，是四桅船勇敢号的船员，他失去了自己年仅十二岁的女儿。某次航行的一个晚上，在船驶至北纬五十五度、西经三十五度海域时，因这个孩子所遭受的大不幸，他凭借惊人的毅力久久地思念着她。"读到这个结尾，我们不能否认这是诗，只是采用了散文的形式。因此有评论家认为，在苏佩维埃尔的作品中，"散文与诗歌合而为一"，并指出"在一位作家身上，诗人的一面与散文家的一面能够取得完全的平衡，这是很罕见的，苏佩维埃尔是其中一个例子"。[1]不过，试图在其诗歌中寻找散文的痕迹，

1 Franz Hellens, « Où prose et poésie ne font qu'un », *La Nouvelle Revue française*, n° 94, octobre 1960, pp.676-681.

或者反过来在其散文中寻找诗歌的韵律，这同样是不明智的，正如“散文与诗歌合而为一”这个说法所表明的那样，或许对于苏佩维埃尔来说，不同体裁只是诗的不同表现形式，这里的“诗”当然应该理解为诗意，而非仅仅指体裁。苏佩维埃尔的某个举动也许是最好的证明：诗人在创作时会不停地修改自己的作品，甚至进行体裁的转变，有时将诗歌改写为短篇故事，有时又将小说改编为故事或戏剧。《远洋上的孩子》起先是《万有引力》中的诗作《波涛上的村庄》。

反过来，难以归类也意味着可以属于多个群体，意味着同时具有多种特征，这些特征有时甚至可能互相矛盾。苏佩维埃尔作品的这种两级甚至多级性已被很多批评家分析过，例如，柯罗为《苏佩维埃尔诗全集》撰写的前言即以“位于两个世界之间的苏佩维埃尔”为题。在这篇前言中，柯罗指出“苏佩维埃尔被两个地理、语言、形而上学和文学的世界撕扯”[1]，进而归纳出其身上存在的五对矛盾，生与死、欧洲与美洲、平常与不同寻常、黑暗与光明、古典与现代，最终将其诗学总结为“含混的诗学”[2]。

从生与死、黑暗与光明的矛盾来说，苏佩维埃尔作品中

1 Michel Collot, « Préface », in Michel Collot éd., *Œuvres poétiques complètes*, Gallimard, coll. Bibliothèque de la Pléiade, 1996, p.X.

2 Michel Collot, « Préface », in Michel Collot éd., *Œuvres poétiques complètes*, Gallimard, coll. Bibliothèque de la Pléiade, 1996, p.XXX.

充满了死亡、死者、幽灵、梦的主题与意象，雅各泰说：“终其一生，苏佩维埃尔都在专心致志地书写各种祈祷词，书写《亡灵书》片段。”[1]这一点或许与他父母的死亡有关。“苏佩维埃尔最初写诗，是为了将一个空洞填满”[2]，例如，他最重要的诗作之一《肖像》（收录于《万有引力》）便是一首献给母亲的诗，这首诗以“母亲，我十分不解人们是如何找寻亡人的，/ 我迷失在我的灵魂、它瘦削的脸庞、/ 荆棘和它的眼神里”开头，词句简单，却充满无限忧伤。里尔克读到这首诗后，主动给苏佩维埃尔去信，表明他从此以后“知道自己会喜爱”苏佩维埃尔“所写的一切”和“即将写出的一切”[3]。

但我们在他的诗作中也看到了同样多的“光明”与“晨曦”：“深海里的鱼 / 没有眼睛也没有眼皮，/ 为了满足自己的心，/ 它们造出了光明”（《外海之下》，收录于《万有引力》）；“被黑暗压抑的晨曦之声 / 却能够触摸到你的窗户 / 再让它开启”（《无论活着还是死去，噢，你都对我了如指掌……》，收录于《无辜的苦役犯》）。这些诗句表明了诗人对生活的热爱，对生命的礼赞，不仅赞颂人类的生命，不仅赞颂动物和植物的生命，也将生命赋予大自然甚至宇宙中的一切。例如，

---

1 Philippe Jaccottet, « Le cœur de Supervielle », *La Nouvelle Revue française*, n° 94, octobre 1960, p.635.

2 Jean-Michel Maulpoix, « Jules Superveille, le réconciliateur », https://www.maulpoix.net/supervielle.html.

3 Claude Roy, *Jules Supervielle*, P. Seghers, 1970, pp.28-29.

在《蒙得维的亚》（收录于《万有引力》）中：“在面朝大西洋的乌拉圭，/ 空气如此随和、亲切，/ 引得海平线上的色彩 / 纷纷凑近来看那些房屋”；在《数学》（收录于《万有引力》）中：“梯形画出坚实的护墙，/—个声音响起又静息，/ 那恼羞成怒的问题 / 扭身把自己的尾巴追咬”。这些诗句因诗人对世界保持的强烈好奇心、对宇宙万物的同等重视及诗人所采用的“陌生化”手法而显得妙趣横生，雅各泰因而说他“属于非常罕见的那一类诗人，他们有能力让孩童进入自己诗句的房间，而丝毫不显得愚蠢”[1]，福兰评价他的诗“是最慷慨的诗。对他来说，人类最小的动作都会在宇宙中留下细微痕迹。最不起眼的东西，他都会立即赋予其宏大的维度。在他充满友爱的视野中，身体与灵魂、空间与时间彼此融合”[2]。正是友爱与慷慨将一大批读者吸引至诗人的身边，令“所有诗人，甚至所有那些不是诗人的人都喜欢苏佩维埃尔”[3]，促使艾田蒲感谢苏佩维埃尔“包扎了兰波给我们造成的伤口”[4]。出于同样一种友爱与慷慨，“写作近六十年来，苏佩维埃尔始终感觉并自愿站在所有受侮辱、受折磨的人一边”[5]。“二战”

1 Philippe Jaccottet, « Notes », *L'Entretien des muses*, Gallimard, 1968, p.30.

2 Jean Follain, « Jules Supervielle », *Les Cahiers Max Jacob*, n° 5, 1960, p.63.

3 Jean Orizet, « Jules Supervielle, entre fable et mystère », *Revue des deux mondes*, juillet-août 1996, p.158.

4 René Étiemble, *Supervielle*, Gallimard, 1960, p.106.

5 René Étiemble, *Supervielle*, Gallimard, 1960, p.93.

期间，他曾写下多首诗支持、鼓舞各地被压迫人民的斗争，为“自由法国”的多份刊物撰稿，1940年在布宜诺斯艾利斯出版《苦难法国诗集》（*Poèmes de la France malheureuse*），与路易·阿拉贡（Louis Aragon）的《断肠集》（*Crève-Cœur*）遥相呼应。我们由此能够理解为什么吴岳添在撰写《法国现当代左翼文学》时会将苏佩维埃尔列入“抵抗运动文学”的作家行列。

在苏佩维埃尔身上，种种矛盾对立，包括欧洲与美洲的对立、古典与现代的对立、平常与不同寻常的对立……这些归根到底说的可能是一回事，是同一个问题的不同侧面。我们已在上文看到美洲之于苏佩维埃尔生活、思想和诗歌创作的重要性。然而，如果只强调苏佩维埃尔拉丁美洲的一面，就无法全面地了解这位诗人：诗人虽然出生于乌拉圭，接受的却是法国乃至欧洲的教育。从语言方面看，法语是他家族与创作的语言，西班牙语是他出生地的语言，他还懂英语、意大利语、葡萄牙语。从诗学方面看，中学时代开始，他先是被拉马丁、雨果、缪塞等浪漫主义诗人吸引，之后又受高蹈派、象征派诗人（尤其是马拉美、兰波、魏尔伦）的影响，在对前辈诗人的模仿中保持了与法国诗歌传统及其韵律的关系，柯罗说苏佩维埃尔写给妻子皮拉尔的情诗“非常符合法国趣味，甚至他的‘美洲印象’也主要受高蹈派的启发”[1]，

---

1 Michel Collot, « Préface », in Michel Collot éd., *Œuvres poétiques complètes*, Gallimard, coll. Bibliothèque de la Pléiade, 1996, p.XIV.

拉尔博在评价《潘帕斯人》时指出，诗人“毫无疑问来自伊齐多尔·迪卡斯[1]和拉福格出生的国家，他是那个国家的人，然而，他也是法国人”[2]。

我们当然还可以从苏佩维埃尔的作品中总结出其他矛盾对立。面对种种矛盾，柯罗认为，苏佩维埃尔有时似乎也试图逃离，“但更多时候，他寻求将其融合于某种不稳定的平衡中，正是这一点带给他的诗歌一种不可模仿的语调”[3]。“不稳定的平衡”，这一评价确实一针见血地指出了苏佩维埃尔作品的独特之处。

* * *

中文世界很早就关注到了苏佩维埃尔，最早的当属诗人翻译家戴望舒。1930年代，戴望舒在法国见过苏佩维埃尔本人。回国创办杂志《新诗》后，戴望舒接连翻译了苏佩维埃尔的不少作品，他自己的创作也受到苏佩维埃尔的影响，中国现代诗歌研究专家鲁阿夫人（Michelle Loi）指出，在戴望舒的《我用残损的手掌》中，可以看到苏佩维埃尔《苦难法国诗

---

1 即洛特雷阿蒙。

2 Valery Larbaud, « *L'Homme de la Pampa* par Jules Supervielle », *Revue de l'Amérique latine*, n° 25, janvier 1924, p.41.

3 Michel Collot, « Préface », in Michel Collot éd., *Œuvres poétiques complètes*, Gallimard, coll. Bibliothèque de la Pléiade, 1996, p.X.

集》的影子。1980年代至1990年代，徐知免、郑克鲁、罗洛、葛雷和胡小跃也先后翻译过苏佩维埃尔的诗作。但总的来说，苏佩维埃尔的作品在中国译介得并不多。此次拜德雅图书工作室与广西人民出版社旗下图书品牌大雅联合推出五卷本“苏佩维埃尔文集”，对于拓展我们对苏佩维埃尔这样一位重量级法国诗人、作家的认识来说意义重大。

编　按

尉光吉

本书收录苏佩维埃尔的两部小说：《潘帕斯人》和《偷孩子的人》。这两部小说分别于 1923 年、1926 年由新法兰西杂志出版社出版。

* * *

1922 年，在亨利·德·蒙泰朗（Henry de Montherlant）的建议下，苏佩维埃尔开始创作他的第一部小说《潘帕斯人》。这部幻想性质的作品后来成为法兰西文学史上的经典，瓦莱里·拉尔博曾在该书面世后不久赞誉它为“东方共和国走进法兰西文学的入口”。

这部小说既呈现了苏佩维埃尔对于南美大陆和巴黎都市的独特情感，也传达出他对海上远航的深切体验。它所描绘的诸多元素也在作者同一时期创作的诗歌里出现，因而这部小说可被视为其诗歌的叙事形式，而小说的主人公瓜纳米鲁也就成了作者本人的化身。

苏佩维埃尔有意让这个虚构的人物替自己说话：他把

1925年的诗集《万有引力》的最后部分题为“瓜纳米鲁之诗”（Poèmes de Guanamiru），并在1951年出版的诗集《出生》（*Naissances*）中加入“新瓜纳米鲁之诗”（Nouveaux poèmes de Guanamiru）。可以说，瓜纳米鲁就是苏佩维埃尔灵魂深处的诗人。在1956年10月广播座谈的打字文稿中，他把自己与瓜纳米鲁的关系比之于阿尔弗雷德·雅里（Alfred Jarry）与其笔下人物愚比的关系：“以一个代言人为中介，我们往往比在直接的情况下更好地揭示了自身。愚比与超雄性以借用之名帮雅里向我们表明了他的真实本性。瓜纳米鲁为我的作品提供了同样的效用。他的不羁有助于我天生的羞怯下放不开手脚的诗歌勇敢地做它自己。瓜纳米鲁强大如神，承受并担保着我在我的便帽下没有勇气展示的癫狂。”对此，诗人的好友亨利·米肖曾说：“瓜纳米鲁甚至比苏佩维埃尔更为人所闻。”

对于这部作品，邦雅曼·克雷米厄（Benjamin Crémieux）曾这样评论道：“这个为成年人准备的童话故事，就像苏佩维埃尔献给我们的那样，是马克斯·雅各布所定义的散文诗的近亲：一次突如其来的背井离乡……他的《潘帕斯人》摆脱了一切重力，翱翔，并邀请我们随之一起飞行……瓜纳米鲁身上浮现出一系列散乱的特征，它们变形、壮大，突然聚集起来，在我们眼前形成一个综合的意象：南美。由此，情感嵌入了幻想：这位火山建造者是一个与最强大的自然较量的人，他驯服了自然；这位与美人鱼交谈的旅客是个原始人，所有‘神话学的难题’仍对他有效；这位前来征服巴黎的农场主是新世界在旧世界面前露出的傲气的象征……我们必须毫无保留地称赞其风格与其意象的品质和诗学风味；这本书的前六十页尤其呈现了一种难得一见的‘写作’的独创性。”

* * *

《偷孩子的人》是苏佩维埃尔的第二部小说。在完成《潘帕斯人》后不久，他便开始创作这部作品。

这部小说放弃了《潘帕斯人》的幻想色彩，重新塑造了一个为内心执念所困的悲情人物：比加上校。不同于瓜纳米鲁，比加不再是苏佩维埃尔的化身。在 1955 年 6 月的《费加罗文学报》（*Le Figaro litteraire*）上，苏佩维埃尔提醒读者不要把他同比加上校混淆：“那是一个如此喜欢孩子以至于要去偷的人。而我，我有六个孩子了，我不需要去偷。”

不过，在一封致拉尔博的信里，苏佩维埃尔曾指出比加上校与瓜纳米鲁的关系：“比加是瓜纳米鲁的远亲。他是那种被内心强化的潘帕斯人。”比加确实与潘帕斯草原有着某种渊源，“Bigua”（比加）一词在乌拉圭语里就指一种似鸬鹚的鸭子。此外，比加上校从轮船跳入大海的结局也呼应着

《万有引力》中“瓜纳米鲁之诗”关于“海上的人”的描写。

有意思的是，苏佩维埃尔在 1928 年出版的小说《幸免于难的人》中续写了比加上校的故事，让他从落水中逃生并归来，而这部小说的标题也在诗集《万有引力》中出现。通过对落水重生的迷恋，瓜纳米鲁与比加形成了一种神秘的命运交织。

1948 年，《偷孩子的人》由苏佩维埃尔亲自改编为戏剧，面向公众上演。据艾田蒲说，这不仅是苏佩维埃尔在戏剧方面唯一大获成功的作品，而且是他“严格地从戏剧角度来建构”的作品。《偷孩子的人》同样引起了电影制作者的兴趣。让·雷诺阿（Jean Renoir）曾在 1964 年尝试获得《偷孩子的人》的电影改编权。1991 年，这部小说由导演克里斯蒂安·德·夏隆治（Christian de Chalonge）拍成同名电影并上映。

克雷米厄曾如此评论这部作品：“在《潘帕斯人》里，苏佩维埃尔已把一些现实的特征和一些超现实的或诗性的特征并置起来，尽管它们有时会因衔接不佳而发生抵触。在这部《偷孩子的人》里，他反其道而行，在一件轶事之上成功地构造出‘第二层’故事。轶事构成了其故事的第一层，虽然荒诞不经，但在哪怕最小的细节上也说得过去。而第二个故事迈入了一个全然诗意的宇宙，正是后者把真正的价值赋予了他的书，使之充满人性的情感和忧虑……这正是苏佩维埃尔尤其值得称道的地方，因为在‘非现实主义者’身上这点往往过于缺乏：历险是想象的，但它在遭受历险的人物身上激起了人性的反应，对此，读者能够产生全心的、满怀同情的共鸣。”

安德烈·皮耶尔·德·芒迪亚格（André Pieyre de Mandiargues）则写道：“他笔下偷孩子的人物，迷人的比加上校，难道不是顽童的一个可爱发明，难道不是一个比手提箱里的小火山（那东西专用来把火焰投向客厅四角）还要可爱的玩笑？这份孩子气无法与苏佩维埃尔的作品分开，他在作品中创造了其幻想形象的一个方面，另一个方面，或另一副面孔（因为这个形象和雅努斯一样拥有双重面孔），与一种对死亡的长久思虑有关，或不如说，与一种坚持不懈的尝试有关，那就是驯服死亡并与之亲熟。”

潘帕斯人

顾秋艳　译

这是梦境与现实交织的闹剧，处处充斥着不安。我为孩童时期的自己写作了这部小说，因为他一直要听我讲故事。而这些故事却不一定只适合于那个孩子或者我现在的年龄。我们在其中有机会由此处向彼处游历，有时甚至还可能与人类欢愉的阴影相联结。

I

有角的沙漠

火车载着他一路向北。他头上也没戴帽子，就这样靠在车厢门上，任乡间的风吹过头顶，那上面是被骤雨打湿的头发和亮闪闪的秃顶，让人分不清晴雨。

伴着一阵凉意，一些童年的印象慢慢浮现在他脑海，变得清晰起来。在他能一直回想起来的范围内，他生命最开始的几年不就是躺在一个摇篮里？夜晚，潘帕斯草原上的蓝色月亮照看着它；白天，一对叫声尖锐的凤头距翅麦鸡守护着它，那声音他到现在还能听到。

他已经五十岁的灵魂比双腿要灵活得多，发了疯一般在旷野中肆意游走。费尔南德斯 - 瓜纳米鲁将其径直向前推去，朝着那片清晨原野上潮湿又充满水汽的方向。在火车前进的过程中，有时也会有一阵轰鸣声进入车厢：潘帕斯草原就是这样用它粗犷的语言来表达自我的，就像那些只懂得一门外语中某几个词的人，却妄想着要向世人倾诉自己思想中所有的微妙差别，甚至更多的东西。

曲折的铁路线把这片平原遗忘了，地平线却静静等待着它，知道这片平原在无际的天空下会冲向它，直至汇入。

平原上，只有鸟类负责用拖长的叫声来勾勒迅速消失在空中的风景。

它们承担着四季的重任和职责，带来消失的森林里的秘密和远景。春天的时候，它们做了多少的工作啊！在只有一双翅膀的情况下，要如何唤醒耕作的田地，提醒树枝抽条、玫瑰园里几千朵花蕾开苞，甚至预告所有突如其来的天气变化?

车厢经过了一片真正的绿洲：小树林，疾驰的马匹，一间茅屋，还有两个正在晾晒破旧白色衣物和褪色粉色衣物的混血儿。一些关于见面、离别的场景出现在瓜纳米鲁的脑海，还有一些从外面而来的画面，它们舒适地坐定，只为停留得久一些。这儿是一棵桉树，它使坏念头的位置也充满香气；那儿是一只小羔羊，它的母亲已经死去，它却还在草原上徒劳地寻找，不过最后它还是与正吃着草的母亲团聚了。这个笼统的念头在整个旅途中都占据着他的脑海。

“多么幸福的羔羊，”瓜纳米鲁叹了口气，“唉！你们比我那三十个私生子要幸福，他们还在草原上卑微地流浪，苦苦寻找一位父亲。”

作为一位大地主，他静静地爱着这些私生子，只不过这份爱显得有些漫不经心：凡是他拥有土地的地方，就会有他的善意散布。但是，在他们成年那天，瓜纳米鲁从不会忘记送给他们一只马衔和一些纯银的马刺，“好让他们学着成为堂堂正正的男人”。在他们遭遇不幸的时候，瓜纳米鲁希望能及时提供帮助，所以他用插有红色丝质小旗的大头针在墙上的国家地图上标记了他们的移动位置。由于对他们有着迷信般的作为父亲的责任感，他应该很害怕发生像人口流失这样的事，比如一些住得远的孩子从他亚卡里的田产那边搬到东边相距二十个镇子的蒂比霍，而他本人却没有立即得到消息，地图也没有记录或者说批准此次移动。

瓜纳米鲁在帕利托站下了火车，这是离他位于圣哈辛托的大农场最近的一站。

回家之前，这位旅客总是会去拜访那位住在火车站对面的官员。那位官员比暴雨之后的小土块还要黝黑和潮湿。作为瓜纳米鲁送给他几头灰牛而获得的秘密恩惠，他负责告知这位农场主[1]其从前情妇们的婚姻状况，以及向她们的丈夫指出痛打这个男人的危险后果，毕竟这个男人拥有比与六万头母牛交配所需还要多的纯种公牛。

一张红色和天蓝色相间的办公桌像一个刚张开的肚子，为这些来访者充当了背景。人们在这里谈论牲畜的状况和行踪。半小时充满谄媚的礼貌性交谈过后，人们才会难舍地分别。

其时，瓜纳米鲁的工头无数（之所以这么叫他，是因为他是在萨拉戈萨无数殉道者日[2]那天出生的）正在专员署门口等着他，手里拿着两匹马的笼头，上面覆满了成年累月的泥浆和灰尘。

1 原文作“estanciero”，西班牙语（南美方言），指一大块田产的所有者。

2 原文作“le jour des innombrables martyrs de Saragosse”，其中，“innombrables”意为“无数”（工头名字的来源），实际上是十八位西班牙殉道者。

无数同时要操心各种工作，例如老公牛的去势和棚屋[1]里灯具的修理，这就需要他特别专心。他的眼睛因为这种极度的认真变得有点斜视，但他的主人没有为此感到不悦。瓜纳米鲁很清楚造成这种残疾的原因，并把它视为一种朴实又勤奋的证明。

第二天，也就是狂欢节星期日，瓜纳米鲁从晨曦微露开始就在马鞍上四处观望。他绕着自己的奶牛兜圈，呼吸着来自乡间清晨令人愉悦的新鲜空气。他的目光盯在那条已经褪了色、修补得破破烂烂的肥大短裤上，它的主人就是一直陪伴瓜纳米鲁外出的那位工头。是的，他就是那三十个孩子中的一个，而且或许是更受瓜纳米鲁喜爱的那一个。

瓜纳米鲁的血液默默流淌在这双瘦弱的大腿和很可能因为过量饮用马黛茶而疲累的心脏中。有时，这位农场主也会想要立马承认在仙人掌后面的这个儿子，这种想法冒出来的时候他甚至还没从马上下来。但是这一想法很快就被制止，因为他的观念就是要维持公平，承认这一个孩子就得接着承认另外二十九个。这对他来说有点难以承受。

一小段地平线模糊地显现出来，与一小片土地融为一体，然后慢慢蜿蜒前进。一些动物的角从地平线上冒出来，这样的场景在平原上上千个地方反复出现。这些角，这些长着各

1 原文为西班牙语。

种毛色的动物，在脑袋的牵引下，慢悠悠地四散开来。蹲着的骨骼粗大的母牛开始站起来，转换方位，固执地加入行进中的牛群。孤零零的小牛犊闻到了从四面八方传来的母牛的气息，终于重新找到了在远处像铃铛一样摇晃着的乳房。

瓜纳米鲁的马突然一阵疾驰，扬起一大团萦绕着响鼻声的尘土，一个高乔人从这团尘土的背后冲到了前面。

瓜纳米鲁沉思到：兄弟、姐妹、表兄弟、表姐妹、叔伯、侄甥，所有这些动物没有毛发的区别，没有年龄、性别的区别，也没有任何规矩，三个月大的牛犊有时就会走到残废的老公牛面前。这些牛角下面就是光秃秃的脑袋，它们小心翼翼地把肠子藏在自己警惕的肚子中，假装不知道——就像它们的父辈所做的那样——有一天它们会成为肉店里的肉。

所有这些发亮的鼻子、匀称的脖子、抖动的脚和响亮的叫声，似乎都服从于某种隐藏在地下的无意识力量。正是这种力量，让六个衣衫褴褛、毛发浓密、笔直坐在坐骑上的高乔人牵引着平原上的牲畜。

这位农场主无意间发现自己在估算行进中不同牛群空隙里可能包括的公牛数量。他想，这些甚至都不知道他名字的动物，从它们尾巴上最末端的一根毛到叫声中最高的那一声音调，都完完全全地属于他。

如果他想要的话，他可以将它们置于任何气候的作用之下，不管是冰冷的极地，还是火热的赤道。为了对此进行确定，同时也是为了用行动证明他的想法，他向一头黑色的小母牛走过去，伸出戴有坚硬红宝石饰品的手，轻轻拍打它的肋部。

那天下午，农场主决定在兜圈时去陪一陪他的工头。十五年来，每当狂欢节星期日，工头就会把一整瓶玫瑰水倒在头上，接着乔装打扮出现在田产的每一间茅屋里。

在马厩后面，他找到了无数，无数一见到他就为自己的穿着表示歉意。无数戴着的难道不是他未婚妻那顶纸质的、绿到顶上的帽子？穿着的难道不是他妈妈那件带有黑色花纹、由白色细棉布制成的女式短上衣？还有，在能隐约看出轮廓的长靴上面，难道不是他姐姐的绛紫色长筒袜？

经过几秒反复的犹豫之后，无数将手里拿着的一个面具递给了他的主人。

“如果主人您想要的话，这是两个面具中最好看的那个。”他谦恭地说道。那是一张又红又黑的可怕面孔，额头上的几撇头发使它看起来更恐怖，像是来自教理书上的地狱。瓜纳米鲁赶忙把面具戴到脸上。在纸质的面具后面，他确实已经笑了出来。他是否就这样幻想着可以纠正自己又肥又红的脸在他的工人心中产生的不良印象？抑或是在所有遮蔽物的掩饰下，为他自己、为他的内心深处，或者更秘密一点，为他想要显示出的意图而洋洋自得地微笑？

瓜纳米鲁和无数都骑上了马。蹲在茅屋细长阴影下的农夫们[1]都目不转睛地盯着他们。如此多的好奇心动摇了瓜纳米鲁的自信。他觉得一位农场主即使是在狂欢节的时候，也应该树立一个持重的榜样。所以他将面具系到了马鞍上，甚至决意在棚屋区走到他的工头前面，再在一群佃农中间等着后面的无数。

方圆五古里[2]之内，每个人都知道了那天无数将会穿的服装，以及他将要迎来瓜纳米鲁的拜访。

狗从很远的地方就瞧见了瓜纳米鲁，声嘶力竭地叫喊，故作大声地抗议。

“滚开，西马龙！滚开，卡内拉！”[3]那个高乔人，或者他的妻子、他的女儿们，又或者他们一起这么大声喊道。

不管是在第二块田产那边的第一间茅屋里，还是在第四块田产那边的第三间茅屋里，甚至是在他情人——一个长着一双蓝色眼睛的混血儿，不知道是从英国哪个地方来到这片遥远沙漠的——的茅屋里，他们之间的对话都不会改变。

“这个漂亮的面具下是谁？难道不是无数先生吗？”

“啊！我不知道，我不知道。”无数笨拙地献着殷勤回答道。

“我想，这一定是他。您还好吗？”

---

1 原文作“péones”，指农场雇工。

2 法国古里，一古里约合四公里。

3 原文为西班牙语。

“在闲逛的时候，您都看到了。”

“孩子们！快把马拴好。还有您，无数先生，过来这边阴凉的地方吧。”

“好的，听您吩咐。”

他们走进位于一条充斥着黏糊糊烤肉烟味的黑色地道内的棚屋，然后，就像他们一直所做的那样，小心翼翼围着餐桌就座。

“您喝杯苦茶[1]吧。”

有人去拿坐在火上的开水壶。

漆黑的背景中，能看到那只黑色的开水壶积满了污垢，几乎处处都是，一直到壶嘴末端。它不间断地烧着水，毫不掩饰地袒露着自己积了好几层烟炱、盖满了硬皮的肚子。然而，在高乔人第一次的招呼之下，清澈的水就从那里流了出来，温顺又光芒四射，宛若待嫁的新娘。这些水一旦与马黛茶冲泡在一起，就能让你甚至你已逝的先人都感受到一种极度的舒适感。

天热得无可救药。汗水不停地顺着两颊流下。大家不时看到年轻姑娘中的一个走开，片刻之后又回来，身上已换了一件厚厚的白衣服。过于沉重的静默让墙壁都产生了裂缝，似乎想要透过墙壁与外面无尽的静默连接起来。

1　原文作“amer”，指不加糖的马黛茶。

“我是来逗乐这些小姑娘的，”无数不时说道，“就像去年一样，您还记得吧？”

大家笑一笑，但很快又不再作声。所有的沉默都堆在肚子里。为了快点将其消化掉，滚烫的马黛茶一杯接一杯地被端上来。

时不时，人们透过那堵透明的沉默之墙互相微笑，然后喝一点玉米酿的烧酒。

“您不想把面具摘下来吗？”

“不用了，谢谢。我还要去逗逗相邻棚屋（离这儿两古里那间）的年轻姑娘们呢。”

“那就明年见了，上帝保佑。”

“上帝保佑。”

于是，那个高乔人又回到了日常的繁重差事中。一到地道出口，炎炎烈日便毒辣辣地用火做的紧身衣将其包裹起来。

瓜纳米鲁和他的工头在火热的尘土中一直闲逛到晚上。他们骑着的马的尾巴和汗津津的脖子上都沾满了彩纸屑，它们对于这次根本无法理解其目的的出行感到惊讶无比，只能耷拉着耳朵、踩着沉重的步伐漠不关心地往前走。

整个晚上，这位农场主都做着一个噩梦，沉浸在这个糟糕的星期日里。他看见自己来到了潘帕斯草原中央的一座村庄，并且向工商业圈（一家破败的咖啡馆）走去。一群骑在快马上的人在无限长的台球桌上打球，那上面的台球有时要过八天才能互相碰到。所以，那些人必须一直跑上五十古里。他们有时候也会停止疾驰，让他们的马儿喝点水。还有人为这场奇怪比赛的观众端来烧酒。到了晚上，地上就铺上了民族风颜色的床垫。

瓜纳米鲁离开了这个奇怪的地方。在梦里，他又突然置身于一间特别豪华的茅屋，那里有草原来的牛、马、绵羊，它们身上溅满了泥污，但头上都精心地戴着面具。它们走过来拜访瓜纳米鲁，并向他保证自己的忠诚。以滑稽的方式向他致意后，它们就进入了瓜纳米鲁的家，瓜纳米鲁为它们准备了各式冷饮，还有一段就在嘴边的简短致辞。然而这些动物并不同意听他讲话，还拒绝摘下它们的面具喝冷饮。“因为怕败坏自己的名誉。”它们说道。

第二天一早，五点的时候，无数就把马黛茶端到了瓜纳米鲁的床头，而瓜纳米鲁大声呐喊起来，希望离他的灵魂最远的地方都能听到他的声音：

“哎呀！所以我会让自己被活埋吗？即使是在梦里，我还是对这些荒芜的沙漠束手无策。我不得不从早上开始就喝这种高乔人的苦味饮料，就为了证明我是这个地方的人，还不能往里面加糖。为什么我的午饭和晚饭只能吃到牛肉？俄罗斯的鱼子酱，智利的棕榈心，还有拉代西拉德岛上甜美的玉米，都去哪儿了？平原地区的狂欢节对我来说到底又有什么用呢？还有这些无望地等待长假的牲畜？这些即使是在梦里，即使是在棚屋里从一个房间到另一个房间，或者死后上天堂，都只会骑马出行的高乔人？这片无尽的平原啊！只有在我离它超过三百公里的时候，它对我来说才是必不可少的！

“暮光弥漫时分的忧伤战栗能填满我灵魂的时代已经过去了，随便绕一圈我就能认出自己所有私生子的时代也过去了。

“现在是时候回到首都了。那里已经有陌生的朋友们一边看着手表、一边在车站月台上等待着我。”

II

燃烧的山

这趟短短的旅程只让瓜纳米鲁回想起了关于那片沙漠的痛苦记忆，他生活在*农场*[1]的时候就不得不长期忍受这种痛苦。在看不到尽头的乡村里一直无所事事而产生的情绪，让这位*农场主*心绪不宁起来，甚至在他漫无目的骑马奔驰、疯狂想要自我逃避的时候，也是如此。而每当暴风雨来临，瓜纳米鲁就会感觉到缩小的天际圈成了他的头顶，这种感觉就如同他的制帽工人用量具量过一般准确。然而，他还是想要自己亲自管理从他父亲那里获得的土地，一直管理四十年。瓜纳米鲁是在一次饲养员宴会上作出这一许诺的。那次宴会在一个开满花的马厩栏中举行，应他的要求，主持人还是他的公牛、达勒姆沙龙金奖章获得者奥克西普特四世。而事实上，就像他无法支配天空的颜色或空气的湿度一样，他也不再管理他的田产。但一直敬畏着他坚定目光的邻居们却把他视为潘帕斯草原上的救世主之一。这对他来说就足够了。

自从瓜纳米鲁最终回到拉斯德利西亚斯，他就以“打发时光”为由差人建造一座宏伟的“宫殿”，外面立有三座方形塔楼。而人们对这些塔楼会感到奇怪，至少心里这么觉得：为什么它们不是比四米高一点或矮一点？在上面加一个穹顶或者干脆没有这些塔楼是不是更好？

每天清晨，这座总是令人眼花缭乱的宫殿就好像在为自

1　原文为西班牙语。

己是由耐用材料建成而表示歉意，然而它只不过是农场主胡思乱想筑成的结果罢了。他不就是每年都在让这个建筑变得更混乱吗？——给它增加一扇弓形窗或一片屋顶平台，加装侧翼，大胆地在外部或内部设计卡拉拉大理石制成的扶梯，虽然没有人知道——甚至瓜纳米鲁本人也不知道——这道扶梯通往哪里，以及它是否会到达那里。

当我们进入把宫殿完全环绕起来的公园时，总是能看到一只来自马塞[1]的朱鹮、一只棕尾虹雉，还有一位长着白垩一样眉毛的佩涅洛佩[2]从侧面向您致意。一只后脑扁平、目光呆滞、脚掌粗糙的鸵鸟傻乎乎地来证明其羽毛的真实性，然后又立即从长颈鹿脖子架起的软拱门下穿过。

池塘中，卡罗来纳鸭踩着轻巧的脚蹼四处躲避。青蛙栖息在水里。人们去宫殿门口的路上还经常会遇到一只敏捷的刺猬，它浑身长满了刺，需要给它戴上两百个保护套才能使其不伤人。

那些或到处爬来爬去、或盘成一圈、或把脑袋随意靠在树枝上的蛇，就是瓜纳米鲁自己养的叫穆苏拉纳的蛇。而这么做既是为了吓唬那些路过的来客（这样他就能享受到安慰别人和邀请别人吃饭的乐趣），也是为了清理毒蛇（因为穆

1 法国奥恩省的一个市镇。

2 希腊神话中奥德修斯的妻子。

苏拉纳出于禁欲精神会把那些毒蛇当作食物）。

整个白天，两片桉树林里不停有鹦鹉飞来飞去，它们交织的叫声仿佛筑起了一道穹顶，但在夜幕降临时，穹顶又一下坍塌，陷入一片寂静的昏乱中。

那个时候，花园的长椅上正坐着两个来自奥里诺科河上游地区的当地人，他们跟一个樵夫在谈论涨薪的事。樵夫仅用干树枝蔽体，他不能抽烟。在他们旁边，一个翁拜岛民向众人展示一束从锃亮的镍管里露出来的头发。时而，一个因食人肉习性而被人厌恶、在市政火葬场工作的巴布亚人会加入他们的谈话之中，或者更确切地说，加入他们的动作之中，因为他们只能通过快速交换的鬼脸、刀具、笑容和邮票来相互理解。

瓜纳米鲁花了好大力气把这些人从世界各地带到这里，让他们负责吓唬躲在草坪上的孩子，以及调制鸡尾酒。调制鸡尾酒的水是从世界各地的大河源头用桶装着运来的。在上酒时，他们往里倒入几滴冰雨，还给饮用者提供樱桃色、香槟色、苦艾色、库拉索酒色、黑白色和彩虹色的玻璃眼镜，这样既能给酒上色，又不会让胃难受。

他们的主人出门后，随着看门人的一声哨响或瓜纳米鲁的汽车喇叭声，这些离群的人就在卷起涟漪的草地上围起一片思乡的群岛，这是时常发生的事。

这座动物园[1]因其大象胸膛的宽广及其主人花费的巨大而闻名于整个南美。瓜纳米鲁让那些极其凶猛的动物毫无乐趣地生活在笼子中，但每隔十五天会更换它们笼子的颜色，好让它们产生对远方和自由的幻觉。

不过，虽然这些漂亮的家伙和两个看门人（这两人被老虎吃得只剩下一抔骨渣）的花岗岩雕像让整座动物园显得高贵无比，但瓜纳米鲁还是很快就对在这里驯养这么多关着的野兽感到了厌倦。

“喜欢躲在窝里的袋鼠一族，”他说，“还有那些不老实的猴子，都再也不能使我开心。我觉得自己好像是从一段不可原谅且长达数年的睡眠中醒来的，而我自己还曾让人在赛马俱乐部的浴室里张贴过‘禁止在浴缸里睡觉超过一个小时’的告示。”

有一天，当瓜纳米鲁在书房里找书的时候，富克斯的《火山》[2]吸引了被神秘事件折磨的他。

他从第十四页读起：“气体和蒸汽的压力并不能一直足以使它们穿过山中柔软的岩石为自己开辟一条自由之路。”这句话让这位读者陷入了长时间的幻想。他接着读到：“潘

1　原文作“jardin d’acclimatation”，即前文写及的“公园”（parc）、“花园”（jardin），特指用以驯化外来动物的园区。

2　指德国地质学家卡尔·威廉·卡西米尔·富克斯（Carl Wilhelm Casimir Fuchs，1837—1886）的《火山与地震》（*Vulkane und Erdbeben*）一书。

泰莱里亚岛上资源十分匮乏，当地的牧羊人习惯于在火山喷气孔前放置几捆灌木，好让蒸汽慢慢穿过其中，在那里冷却并凝结成水。通过这种方法，他们获得了饲养牲畜所需要的水。”

两天后，一直将自己的头发视为自己观念之延伸部分（虽然这种延伸既清晰又短暂）的瓜纳米鲁，在他的理发师给他梳头的时候告诉他（他觉得向理发师隐瞒自己的想法——至少是目前的想法——还挺幼稚的）：“我会建一座火山，我的朋友，一座会让我们国家引以为豪的火山。”

这个计划是在前一夜通过那扇他特意敞开的窗户偷偷溜进他心中的。他在等待一件令人瞩目的大事。这个虽然还在头脑外面，但已经开始嗡嗡作响的念头，围着他的头绕了几圈，然后就突然穿过了颅顶，愉快地进入了正确的位置。

我需要一座火山才能变得快乐，而且不用离开我的田产就能拥有它。在这个地势凸起又地处偏远的地方——偏远到即使是那些对照着地图探索从来不会迷路的好奇者，也会在这里因饥饿和对地形陌生而亡——我会自己来制定这座火山的建造方案。

“要以哪座火山为原型呢？”农场主一边翻阅着各种温顺火山的画册，一边自言自语，“为什么选择这一座而不是另一座？”

萨尔瓦多的圣米格尔火山？它一直包裹在非常干燥的云

层中。尼加拉瓜的蒙巴乔火山？它直到火山外焰部分都有树木即空中森林覆盖。中国台湾的赤山[1]？它周围有玄武岩浴池和热水湖。科托帕希火山？它曾在1803年一夜之间使山上全部的雪融化，并从此开始招致恶毒的诽谤。

为了更好地作出选择，瓜纳米鲁合上了书，闭上了双眼，过了一会儿，再次睁开眼睛，打开书开始翻阅。

是山顶覆有积雪、守卫着地平线、为记忆留下空间和倚靠的日本火山？是海拔五千米、总是冒着烟喷射熔岩、山顶覆盖冰川、山脚长满天竺葵的古怪的斯特龙博利火山？还是你们呢，四季如春的马德拉岛上的休眠火山？这些火山口附近还种有柑橘树，成千上万黑白相间、叫声尖锐的燕子总是在它们周围绕成一个明显的圆环。

最后，他决定建造一座还年轻的火山，并保留一个完好的火山口，将所有火山的特征全部纳入。

一年后，在最终建好的火山脚下，瓜纳米鲁开始考虑火山的喷发是按照固定的日子来，还是突如其来，好让这座山显得既符合科学规律，同时又浪漫。

他为什么不和别人轮换着安排一些救济式的火山喷发呢？这样，穷人们就能通过火山口获得所需要的资源了。

1 即鲤鱼山，属泥火山。

我难道不是一位慈善家吗？我肯定是忘了。

不过，把慈善事业就这么指向火山锥是否合理呢？为什么他不提出一条可以通向其他可选美德（如节制、坚强、公民责任感）的相同途径？这种途径是不是有点像场闹剧？默默地帮助穷人，让德善之行就留在它们原来稍微偏左的地方，就留在人们的心中，是不是更好？他这么思考着……同时，他给火山起名为未来，这一名字里包含着所有的希望。

建造火山的全体成员是四十个穿着火山口制服的男人，我的意思是全裸。由于极度的高温，他们很乐意把衣服——更确切地说，是上衣的翻领、背心的纽扣和裤子的条纹——文到身上。

一个同样赤裸裸的工头指挥着他们。他比他的工人们身上多两道线条。这两道线条还描画出了根本不存在的燕尾服的下摆。

瓜纳米鲁与他的朋友们分享了他做好事的强烈愿望。他向他们询问对最后几次试验的印象。

“你觉得我的烟柱怎么样呢？”一天，他问国民教育部长，“你是不是更喜欢最后一次喷发的近似红色的烟柱？就坦白地告诉我你的感受吧……我这些天都在等着从匈牙利运来的麦秸，它们燃烧起来能冒出很多浓烟，别人告诉我那就是最好的麦秸。我会将它与澳大利亚还有印度运来的麦秸进行对比，因为我想把每一部分都做到最好。但是部长先生，您什么都不告诉我啊……”

“我亲爱的朋友，不过你不觉得也许应该要鼓励我们国家农业的发展吗？”这位脸红的部长说道。

“我并不会单凭自己的经验就把我们国家的麦秸排除出去。但是它要能向我证明自己的优越所在。如果我没有能够做到完全的公正，我就会请我的朋友们告诉我：‘但是，亲爱的瓜纳米鲁，要当心啊。你不觉得……’等等，等等。不是吗，部长先生？”

他只想到所有那些冒烟的东西。一旦城里发生一场火灾，他就会去确认各种不同的易燃材料是否发挥作用。还有一天，消防员们惊讶地发现，瓜纳米鲁竟然在火灾发生时为其疯狂喝彩，同时还辱骂去救火的水龙头和自来水。

“这场火烧得太好啦！太棒啦！”他高喊着。当手臂上佩有星标的消防队队长迅速过来制止他的行为时，他已经把自己的手杖和帽子都扔进了大火之中，以此来表示高兴，然后准备将哈瓦那雪茄也投入其中。有人威胁他，如果他不立即收回那些叛乱的话并从火中取出那根已经烧焦一半的手杖，他就会面临起诉。

“我是个艺术家！”瓜纳米鲁大声喊叫着，“你们将永远无法理解那是什么。”

说完他便不再理睬那些无知的人，转身离开火灾现场，飞速钻进自己的小汽车并放下厚重的门帘，把自己与周围的荒唐事隔离开来。

火山落成仪式那天，人们看到瓜纳米鲁就像出现在阳台上一般出现在了火山顶上：他刚刚乘坐熔岩升降机上来。不过，他随即又感到十分局促不安起来：他应该对着哪部分听众讲话呢？

“朋友们，还有什么比火山这种与稳固的地壳相作用的流体火质物的反应更美丽的呢？”

然后，瓜纳米鲁开始慢慢转过身，好让每位听众都只被他讲话的一小部分感动。随着讲话者的身影转得越来越偏，其余的听众也开始离开。瓜纳米鲁有时会停顿一会儿向那些被他丢下的人示意要耐心等待：他很快就会回来。

当这位农场主提到自己所付出的努力之巨大时，突然之间百感交集、深受感动，原地转了一整圈，然后在一阵阵热烈的掌声中准确地回到了他刚刚所站的地方。

“没有人来向我提出异议，”他继续说道，“说一座两年前还不存在，甚至我想都没想到过的火山是一个没有科学价值的怪物。它建造的速度之快丝毫也不会减少其重要程度，也不会削弱其地质学价值和揭示性意义。为了向你们证明这一点，我是希望能一直进行完整喷发的，但目前让熔岩达到所需温度的成本巨大（每吨超过三百皮阿斯特[1]），如果政府

1　货币名。

不愿意帮助我完成这一任务，那么就算我有这样的善心，我也只能在国家法定节日或奥林匹克庆祝活动的时候给你们带来这种喷发。我还得赶紧补充一下，熔岩并非构成火山的必要成分，爪哇岛上就有一些没有熔岩的喷发火山，爪哇人对此也从来无可指责。

“每周四是专门留给小学生的日子。这座新时代的维苏威火山将免费喷出一些有用的食谱、小的长条肥皂、块状的浮石，以及父母们所希望的不易碎的、颜色鲜艳或清新的七巧板。

“不定期地还会有一些受当时需求启发而来的惊喜喷发，用以分发包装好的药品、精装的道德书籍、崭新的农具、机械割草机，或者是一些有生命的东西，比如朗布依埃羔羊和布莱克黑德仔猪。

“因此，先生们，我将能够把曾经对于我们国家来说是恐怖灾害的东西——如果它已经存在的话——变成必不可少且真正现代的一种现象，变成一个实用的分配器，它在短短几天的时间里对人道主义所作的贡献，就能超过地球上数千个世纪以来的所有其他火山所作的。”

掌声还没有停下，瓜纳米鲁又开始了新的讲话：“如果你们这些女士中有人为了试验这座火山是否运转良好而愿意把随便什么物品交给我，那么她不久就能看到这件物品通过我各种型号的发射装置完好无损地回来。”

片刻之后，当一位女士重新拿回她刚才放入熔岩渣发射器的手帕时，不禁惊呼：“它还是热的。”

瓜纳米鲁则激动地流下了直接来自地心的滚烫热泪。

坐在火山周围的五百多人，他们只听到了不停转动的瓜纳米鲁说的几句话，而且还不断提问，结果就是几乎没人完整听清瓜纳米鲁的讲话。

对此并不知道该作何评论的新闻界表示了热忱。但是一份名为《种族的未来》的周报在经过一段时间的考虑之后，提出了引人注意的批判，甚至声称：“久而久之，火山有可能在此生根，通过长期的模仿，它可能真的会喷发。”它还补充道：“一个为科学界人士尤其是精神病医生所熟知的例子就是这样的，而且大自然或者神灵既然不在这个确切的地方架设火山，也不在我们国家其他任何地方架设火山，肯定是有其道理的，我们不应该对此加以冒犯。难道在这片仍然充满未知和危险的大山的保护下，我们就该觉得幸福了吗？我们还抵制海啸、智利的火山、化为废墟的城市，以及因如雨的岩烬而导致的贸易中止和交通阻断呢。”

“真是粗劣的假设！”瓜纳米鲁在一份官方日报上回击道，“精神病学与此根本无关，‘在现有科学条件下’将火山等同于人实在是荒谬。居民们大可以放心。至于岩烬、熔岩渣和其他不同物体的轨迹，已经有严谨的专家以此为对象开展了各种研究。

“他们中间，好几个想表示对发射器有信心的专家难道不是主动进行研究以加快填补这个空白领域的吗？虽然这块空白长达十米，但是无数计算和测试研究表明，它不会再呈现出任何危险。”

接下来的一周，《种族的未来》以更加恶毒的言语再次展开攻击。该报首先讽刺地宣称，迄今为止瓜纳米鲁所得到的赞美只不过是“与他的财产状况有关，而与他仪表堂堂的样子或者完美又稳重的鹅蛋脸没有丝毫关系”。

“在这种不公正存在的情况下，”它还补充道，“未得到赏识的火山建造者决定要移民。他联系了一家美国公司，以购买大西洋当中的一座海底火山。这笔交易马上将会谈成，不过有关各方至今还未就这座火山的交付日期达成一致。”

为了给这则传闻找到依据，该报还声称瓜纳米鲁“学习了游泳和潜水，并且每天都花一部分时间和潜水员喝酒”。

面对如此狡猾的攻击，其他报纸所做出的软弱防御并没有使瓜纳米鲁重获已失去的平静。在沮丧的情绪中，他难道没注意到一种针对他的火山的真实敌意吗？这种敌意甚至蔓延到了他的宫殿里。他觉得家族画像也开始斜斜地盯着他。他的雪茄忽明忽灭起来，低声发着牢骚；他的钢笔在平原上还漏水；浴室的水龙头有活力得不太正常，一点一滴地加重他的失眠。如果他打开衣橱，衣橱就会啼哭；打开保险柜，保险柜里的数字就会在半夜里改变。当他的手表走慢了，房间里的摆钟就会精确地相应走快，就好像一场令人恐慌的同谋。他书房里的一幅画在大白天反了过来；另外两幅先是换了签名，而后又换了画框；第四幅画原本描绘的是一个去市场上卖鹅的女人，结果变成了一个带着猪从市场上回来的农妇。

“嗯，”瓜纳米鲁作出了结论，“是时候去呼吸新鲜空气了。”

III

词 典

在他计划的这次特别的旅行过程中，该如何处理他的火山呢？

整个白天，他都在绞尽脑汁想找到一个解决方案，却没有结果。

一天晚上，睡觉之前，他预感到自己必须立即去饭厅一趟。

瓜纳米鲁没有弄错。他等待了好几天的建议就放在餐桌中央的一个大银盘里。门一打开，这个草原来的人就在那里读到了用蓝宝石突出的几个金色大写词：

EMPORTER LE VOLCAN EN EUROPE[1]

他向盘子走去，在它上面俯身，看到了他刚刚读到的东西，但它不一会儿就消失了。

“运火山”，是的，既然他们不配在这个国家拥有这座火山。

运火山！

现在，无论走到哪里，甚至是那些他从来独自一人冒险去的地方，这三个词[2]都一直伴随着瓜纳米鲁。首先，emporter这个词到底是什么意思呢？如果他发现了它确切的含义……

1　意即“运火山去欧洲”。

2　指“emporter le volcan”这三个法语词。其中，“emporter”即“运”；“le”是定冠词；“volcan”即“火山”。

如果他发现了它确切的含义，那么他的任务就会变得十分容易。瓜纳米鲁翻开拉鲁斯词典或自己国家的词典，大致读到了以下内容：“emporter（由 en 派生的前缀 em 和 porter 一词构成），主动态动词：拿走；运往别处；随身携带。商人们将其在殖民地的全部所获都运回国去。——Emporter une position：强行夺走。”

他还找到了一些近义词：拿走（enlever）、带走（emmener）、拿掉（ôter）、搬运（charrier）、卷走（entraîner）、输出（exporter）。

瓜纳米鲁心里觉得不能运走未来，可能带走、拿掉、搬运、卷走、输出它会更容易一点。只要再有点耐心，他或许就找得到那个神秘的词了。在没能找到的时候，他觉得最简单的方法就是召集城里的十四个打包工人，因为毕竟这是他们要做的事情。不过在此之前，他用石灰线把火山分成了十四个部分。

当打包工人们全部到达并准备就绪时，瓜纳米鲁向他们坦承，自己直至那时为止已经竭尽全力。

“如果不能带着我珍贵的作品离开这个国家，那么许许多多扑在工作上的日子，还有被失眠肆意攻击的晚上，都将白费，所有的痛苦都会变得没有意义。”

瓜纳米鲁需要靠他们让他的火山还有他的国家在巴黎为人所知，他要展示这个国家的存在、它的贵族阶级和它的需求。

这座山将会被分段从海的另一边运输过去，每一段都会经过精确的切割并标上号码，以防止任何错乱或重叠。

将未来从底部到冒烟的顶部进行打包需要八天时间。而瓜纳米鲁给出了十二天时间，打包工作将在他的一座农场中进行。

第十二天清晨一大早，这个潘帕斯人就回到了拉斯德利西亚斯。

当他的车子刚驶入港口街区的时候，就不得不立即在三长排载重车面前停下来，这些载重车都通向两艘即将出发的货轮。

整座火山被乱糟糟地铲得难看至极，成了无数辨认不出来的小碎块。用于喷发的九十台不同型号的机器在短短几天之内老化极快，长出了大片胡子一般的铁锈，仿佛随时在等待着去往地狱之门。装满熔岩渣的袋子还在四处发出微弱的呻吟声，然而那些车夫却在用被拔下的手柄玩投掷游戏，或者把传送带归入自己囊中。其中三个车夫蹲在一个压缩烟箱周围，而那个烟箱应该是要用在巴黎的启动仪式上的，他们将它半打开：“来看一看。”烟箱最后抽搐了几下，里面的东西就慢慢与他们那不勒斯烟斗中冒出的烟混合在了一起。

这一切的混乱还必须有一个标志：那些升降机支柱被凄凉地截断，就是为了做出几种不同的模型。

瓜纳米鲁的面色像是被判了死刑一般苍白，他往前走着，快要喘不过气来，然后朝那些车夫大喊："可是它们做了什么？你们做了什么？我是做了什么才会被这样对待？"

他从一辆载重车走到另一辆载重车，每一步都冒着被发脾气的马撞死的危险。

"停下来！"他喊道，"不要再卸下来了！这是我的命令，你们听到了吗？已经有两辆卸完了？那就马上找人再给它们重新装上去！"

最后，他用匕首一般的目光远远瞥见了车长，那个人身上和脚上都是红色，在他的罪行下显得异常粗俗。

"啊？原来是你啊！"瓜纳米鲁说道。在接下来的八天里，他没能再对其多说一个字。

这位农场主目睹自己的火山被摧毁，其痛苦没有停止过，这种痛苦一直在他的脑海中挖出光线不足的隧道。那座完好的火山不复存在了，剩下的只有雨天盖在它上面的防水罩。

他再也不敢直视火山，也不敢在周围看它，所有这一切都可能成为他痛苦的原因。这摆脱不开的火山啊！即使是那种修路用的最小的土堆，以及最细的一缕烟雾都能让他冒出冷汗。

他沿着海边长时间地漫步，指望滚滚的海浪来冲刷掉那些可怕的记忆。

然而，有一天，那个州的八个黑人水手划着飞快的桨，把剩下的一切都卷入了附近海域。瓜纳米鲁大喊大叫着，直至那艘小船变成被海平线吞没的一枚小小印章，而那些人甚至都没转过头来。

那天晚上，一阵扑面而来的玫瑰花香将他轻轻地从梦乡中拉了出来。

接着，又飘来一阵复合的香气，就好像有人打开了面朝纤薄衣物和二十种芳香植物的窗子。空气中充满着微妙的未知性，快感在扩散，就像女人的臀部。寂静开始蔓延到一些看不见的木筏上，然后倾倒成各种颜色。另一番寂静马上又随之而来。

空气中大海和花园的气息汇聚到了一起，并且和谐相融。一支从大地向天空走去的庞大沙漠旅行队让瓜纳米鲁看得入了神，他仿佛都能近距离闻到扇面般的满月下一簇星星的气味。

在这位农场主看来，世界似乎已经厌倦了它的外表和空间，所以选择了不可触知的形态，只通过充满意图和微妙暗示的香气来显露自己。事物说出了它们的记忆、喜好和顾虑。那它们忧郁的秘密是什么呢？

要如何看待这些感觉呢？对瓜纳米鲁而言，它们具有重生一般的意义。也许对世界来说，这就如同一个溺水的泛神论者在痉挛中提出的质疑。

头发和睡衣已经完全湿透的瓜纳米鲁站了起来。他用手去摸电气开关的位置，把它打开。各种气味开始变得简单、有序、安分起来，就像调色板上的颜色一般靠在一起。它们是不是在人类附近养成了守秩序的习惯？

瓜纳米鲁环顾四周，没发现任何异常。衣橱在原来的位置关得好好的，香水瓶塞得紧紧的，画稳妥地挂在墙上，写字台立在四只桌脚上，那罐胶水里还放着斜头的刷子，墙壁和天花板安静地履行着平常的职责。没有哪把椅子乱动了位置。

一张小圆桌上放着一只从来没离开过瓜纳米鲁房间的空手提箱，因为旅行是他每天都会考虑的事之一。当他摸到那只手提箱的时候，为什么双手会如此颤抖？他是预感到了什么？他一打开，奇迹般的气味就突然加重了。里面到底有什么？或许是一只香炉？瓜纳米鲁俯下身去。一开始他以为自己看错了，又把灯拿了过来。啊！是的，那确实就是一座小火山！这座棕色的小火山看起来和未来一模一样。瓜纳米鲁顺顺当当地认出了火山口、熔岩缆车和锅炉仓。他用手掂了掂手提箱，它轻得就好像只藏了一个愿望。之后它会一点一点变重的。瓜纳米鲁这样想着。

第二天一醒来，这个潘帕斯人就光着脚去看他的秘密。那座小山还一直在那儿。手提箱也好像已经变得重了一些。瓜纳米鲁在一片幸福之中躺到床上再次入睡。当有人来给他送信时，他觉得可能会在那里找到一个解释。把未来放在手提箱里的那个人会给他写信吗？他慢慢地撕开了一个装有便条的信封。当他正打算给寄件人寄支票时，突然想起去检查这张看似无关紧要的纸是否藏有用密写墨水写的文字。他一瓶又一瓶地试完了他所有的显影液，却毫无结果。他付了款，第二天便收到了一张付款发票，他把邮票揭下来看看它是否隐藏了什么信息。但是没有，这下面什么都没出现。

接下来的日子里，瓜纳米鲁一直等待着这个奇迹的创造者来一通神秘的电话，给他一些指示，告诉他这座火山的用途，还有它的使用方法。他不敢离开他的电话机一步，因为他随时觉得自己会听到一个声音："喂！你好！我是至圣圣母。你有什么要问我的吗？"

每天晚上，未来，或者更确切地说，它的微缩版，都继续在空气中散发神奇的魔力，而这些魔力是如此强烈，它们甚至能透过锁着手提箱的衣橱壁来证明自己的存在。在几乎同样的时间内，各种气味现在很快接连而来，后一种气味完全消除了前一种气味。天芥菜的香气经常重新出现。"就像电报中代替标点的用语！"这位最终弄明白的农场主突然自言自语道。一个来自未知世界的声音在里面对他说话，这个声音将他选为知己，并且可能知道为什么这个人要睁着有神的双眼、带着愚笨的灵魂固执地居住在这片大地上。

现在要做的就是破译这些信息。瓜纳米鲁径直去书店买了一本记事本，在上面列出了不管是白天还是黑夜任何时刻出现的香气。在对照中，他标出了自己认为可以赋予它们的意义。一开始，这些信息还停留在物理层面。它们如此居高临下地俯视着瓜纳米鲁，以至于后者只能下巴贴在胸口，一边祈祷一边心怀恐惧地面对它们。

问题很快就集中到了那些更为深远的层面。根据力度的不同或细微差别，可以有以下几种含义："上帝并不遥远。""退后，撒旦！"[1]"到底是为什么呢？"

石竹表现出最为高雅的礼节，它的话总是以"我很荣幸"开头，以瓜纳米鲁名字的音节结尾。它还会说"如您所愿"、"我不会做任何事"、"首先是瓜纳米鲁先生！"。一些过时的客套话，例如"万分感谢"，它也会用，而且似乎一直准备好在电车上给女士让座。而其他的香气让人格外谨慎。"当心啊，"石油气味说，"不要在大街上看报纸。那里有汽车甚至吞食活人的卡车经过。"

某些气味只发表一些简单的看法："下雨了"、"您很有天赋"；表示同意："好的，明天见"；保留意见："不要这么快决定，我们再谈一谈"；作出承诺："请放心，我保证会给您带来一次壮观的喷发"。

这些信息有时并不清楚，或者过于零散，导致瓜纳米鲁无法将它们转换为概念或简单的文字符号。这就像一阵思想的迷雾、一些观念的幼体，甚至是一些孤立的字母、标点符号。就这样，在同一个上午，只有一系列引人注意的分号、没有

1　原文作"Vade retro Satanas!"，拉丁语，中世纪天主教驱魔用语。

元音的分音符号、单独的软音符、字母t的短杠、一个半谐音、两个阴韵、直线上的一点和一个升F。

我身上到底发生了什么？瓜纳米鲁沉思着，现在我拥有了一座火山，是它造成了这个局面，也是它给了我一些建议。

当瓜纳米鲁向他的同伴讲话时，他不再展现出以前那样普通的面孔。他脸上幸运而神秘的线条在新生的阳光下闪闪发亮，也正是这新生的阳光于人群中选择了瓜纳米鲁来感受它的光芒。他会丝毫感受不到拘束，举着长长的手杖，头上戴着那顶饰孔处别有一朵藏红色石竹的帽子，径直走到他的那些对话者灵魂深处。

如果所有在街上闲逛的这些普通人都知道了，那他们会说什么？他甚至都不会和他们谈到这个。他要动身前往巴黎，在那里完成一次出色的喷发之后，他或许就会透露自己的秘密。

他将离开这个国家，带走的只有他的工头无数、一只活着的犰狳，以及为了避免遭遇不幸而带的一个标本，还有装在二十二个标好号的箱子里的一点农场泥土。他也不会忘记自己收藏的年代久远的镶银马黛茶，那是他寄存在童年微笑中的一部分。还有一个锁着的乌木色小匣子，不了解情况的人可能会认为里面完全是空的，然而它却装着故乡的所有温柔和整片天空。

瓜纳米鲁还带了一副套索。对他而言，旅途中多余的东西也跟他的动脉系统和心跳一样必不可少。

出发前八天，瓜纳米鲁要求去参观一下他的船舱。这位农场主在那儿洗了很长时间的手，找人拿毛巾，还打听这些毛巾是否真的就和他去欧洲旅行时别人会拿给他的一样，然后仔细地擦拭自己，躺到铜床上，看了看枕头下面，用手摸了摸，从中抽出一根羽毛，在检查完、闻完枕头之后又将它放了回去。

为了见一见服务员，瓜纳米鲁摇响了铃铛。他自报了姓名，给了服务员五皮阿斯特，然后微笑着解雇了他，承诺会再给他五十皮阿斯特。他从上至下、从下至上细细地数了数床前小地毯上的黑色方块，一直到床头桌的位置；然后又一气呵成地给花瓶镀了层金，好让自己有所意识；最后采摘了几朵地毯花做成一个小花束之后才离开。

离开轮船之前，瓜纳米鲁要求见一见船长。他自报了姓名，告诉船长自己正准备前往欧洲进行科学旅行，对无法告诉他更多信息表示歉意，称赞了他船上的装备，然后突然跟他道别，向他伸出了一直藏着的一只方方的手，手里还有一块红色的浮雕玉石，玉石上一只海马不停嘶吼。

IV

海樱桃

拉斯德利西亚斯城刚刚出现在海平线上，被海床和窜出海鸥的云团紧紧围住。很长一段时间，瓜纳米鲁都一直靠在舷墙上，注视着无垠的海上平原。

随着海浪的翻涌，他想创造出所有这些波浪，因为它们确实延展了他无尽的灵魂长浪。

回到他自己的船舱，他的目光就从洁白的床掠过随着轮船每一次晃动而摇摆的天蓝色舷窗，最后落到衣橱玻璃上。

他的额头上戴着一圈用纪念纸叠成的矢车菊，当离别的忧郁慢慢浮上来时，他便打开那只神秘的手提箱，闻闻里面，满意地叹出一口气，再将它重新关上。

他有信心。未来就在他手中，而开启未来的那把钥匙也尽在他的掌握之中。他要把未来安装在巴黎市中心的第一区。

仔细想想，他觉得没有哪个欧洲人打算建一座火山也是再正常不过的事，他们在那时已经满足于教堂、宫殿、大楼、医院、桥梁煤气灯和云霄飞车了。他并没有不承认这些人的智慧甚至才干，但是他们确实因为受到太多传统研究的束缚而难以设计出新的项目。

突然间，瓜纳米鲁溢于言表的喜悦又被打断了，他害怕被人抢先一步。他会不会在第一次经停时就看到报纸，说有人已经开始如他所筹划的那样在巴黎建造一座大火山呢？不会的，他一定是第一个！“第一人！”这个光芒四射的词啊，从中学开始就生长在人们心中，直到每个人都想要逃避但又无从逃避的上断头台的那一天。这个气势汹汹的词在瓜纳米鲁的血液中四处狂奔。“第一人！”他一边沿着通往酒吧的六级台阶走下去，一边还重复了下。到了酒吧，他大声喊道：“服务员，一杯威士忌！要男人喝的那种！”

但忙得不可开交的服务员没有过来。瓜纳米鲁不得不一边等着他的酒，一边又因为这样一个形象化的表达而感到羞愧。这个表达在酒吧的一片寂静中慢慢成形，摇摇晃晃地倒向酒吧的吊灯。

他走上甲板，躺到了自己的躺椅上。那把躺椅可以说是船上最豪华、准备得最周全的一把椅子，上面还有毛毯、裘皮、托书架和屏风，屏风刺绣的那面遮住大海，另一面则将其放大十倍。

片刻之后，奇怪的事情发生了，他惊讶地看到未来就在他旁边的甲板上。

“怎么回事，是你吗？但你这么出现就不会感到害怕吗？”

“别担心，没人看到我。”

“你确定吗？”瓜纳米鲁现在一下子就理解了那些和火山有关的神秘力量的意义，完全不用依靠他准备的那本小词典。

“就如你叫我未来这么确定，尊敬的胡安·费尔南德斯-瓜纳米鲁。”

“你真让我害怕。那么一点点的莽撞就会毁坏一百个星期的毅力所得来的成果。我能知道是什么迫使你离开我们的豪华舱的吗？”

“我就是来散散步的。我想我还是有权这么做的吧。”

“显然，没有什么可以阻止你随心所欲地走来走去，因为我是唯一能看见你的人。但是你发发慈悲吧，小心一点！”

“人们可以在我上面走过却什么都没发觉，我也可以。”

“你那边还有什么新消息吗？你真的以为可以回到那两百辆载重车所造成的灾难日之前，在巴黎恢复你曾经在拉斯德利西亚斯的影响力吗？”

“我会做得更好的。我从来没觉得如此灵活过。这种不存在给了我最大的益处，现在没有哪个人能看到我了。我觉得自己比四月的风还要敏锐和灵巧，并且已经准备好带来一切的奇迹。我的逻辑既流畅又轻盈，再也不像人类的逻辑那样冗杂笨重了。”

“我还想要问你一些事。如果我没有这个权利的话，也请原谅我。这有点难以开口。你和那些死去的人、和所有在地下的白人绅士们是否有来往呢？在我生命最后，不会是你来带我进入天国吧？”

“那就让我们走吧！”未来说完就伴着一阵薄荷和紫藤的香气消失了。香气非常清淡，但也让人舒适得仿佛置身于八百海里之外的花园中。

第二天，瓜纳米鲁午睡醒来，感受到热带地区湿漉漉的气息。他觉得船上的女乘客很漂亮，然而那些男人却真的不知道如何好好地靠在船边。然后他又朝着人群中某个方向说到，他要是一个人单独和这些女乘客旅行就太愉快了。

于是，在他还没有做出任何一个举动之前，他那总是正确行事的理智就已经抓住一名男乘客并将其扔进了大海，任他被无边的寂静吞没。接着，在船的另一端，轮到第二位乘客从船舷上方被抛下去，整个过程轻轻松松，就像那人只是一份前年的报纸一样。其他人也紧接着被抛入了大海：一个商业推销员和他的货样，一个企业主和他口袋里的工厂图纸，一个单身汉和他受挫的恋情，还有一个剑术大师和他的护胸。

船上的全体船员和官员都小心翼翼地守在自己的岗位上。然而瓜纳米鲁还是扔掉了一个长着狭长深邃的蓝眼睛的二副，紧紧盯着他的就是船上那些南方女人，她们像是在等待一个奇迹。

大多数人只用微笑来对抗瓜纳米鲁的举动。而一些人用目光向他问询，像是想要了解造成他这般态度的真正原因。

“来吧，我的朋友，在必要时，必要时。”瓜纳米鲁简单地回答道。有时他也会再说上一句：“你们想要一个救生圈吗？这是我唯一能为你们做的，不过我得告诉你们，这艘船是不会停下的。你们收到的停船时间都只是做做样子。”

几名乘客走到船边感谢这个建造火山的人将他们从生活的重担中解放出来，然后再向他转过身来，满脸谦恭，当时他们已经跨过了栏杆，一整条腿已悬在死亡边缘了。

但是其中一个把胡子修剪得像棵紫杉一样的人，也就是史密斯，特别引起了瓜纳米鲁的注意，他特别大力地反抗，以至于瓜纳米鲁在被踩了几脚、吃了几拳之后不得不放开了他。

那个美国人换下了那些用于献祭的乘客，代价是三只牝鹿、一头脖颈上系着铃铛的诺曼底奶牛、两棵棕榈，以及一片四叶草田。当然还有一处给牝鹿准备的水源。

他让所有眼前的东西都突然出现在甲板上。草坪是如此茂密、充满活力，每隔两小时就得为它们修剪一次。一位农妇不知疲倦地承担这项工作，她肤色雪白、性格温和，就像一杯新鲜的牛奶。

晚饭的钟声响起，瓜纳米鲁脑子里的画面全部破碎掉，所有的乘客都复活了过来。这些人一边抽着烟，一边在外面散着步，比以往任何时候都更加坚定地生活着，他们喝鸡尾酒、往肉上撒胡椒粉、观察女人们、为自己取餐，一点也不担心时间。他们脸上那么好的气色难道是为了装出没有看到这位农场主漂亮的黑眼睛后面刚刚发生的事吗？感到沉闷且食欲不振的瓜纳米鲁躺到躺椅上睡着了，以此来逃避这整个世界，它那可怕的活力让他觉得晕船。

两天过去了。瓜纳米鲁这两天发现，在广阔的大海上，如果天空一直位于人们的上方，那是因为这样对所有人来说最好。在反过来的情况下，我们要如何解决导航的困难，至少是利用我们现在已有的手段？

一天早晨，这位农场主在甲板上背靠舷墙，思忖是否可以在一个合适的时间向右转过头。他觉得自己被人注视着。要如何抵抗这种吸引力？那个人就是瓜纳米鲁所设想的留着紫杉胡子的人，他突然对瓜纳米鲁的指甲形状产生了兴趣，然后又走远了。史密斯就这样小心翼翼地回避着所有与他有来往的人。对于别人问他的问题，他只从很远的地方拐弯抹角地回答，走出一条捉摸不透的圆弧线。他身上所有的一切都显得可疑，甚至是他一直拿在手里的报纸，就好像有人要通过这个特征来认出他。那个人是谁呢？

这个潘帕斯人睁大有条纹的瞳孔，向史密斯走去，看到他盯着报纸，目光绘制出两条假想的线，最后准确地停留在一篇文章的标题上：多斯帕托斯大街上的犯罪[1]。

瓜纳米鲁陷入一阵胡思乱想之中，直到两个小时之后才从中抽离，在这期间他一动都没有动，生怕妨碍到任何一丁点思绪的起伏。突然之间，他爬上舷梯，凑向船长毛茸茸且耳郭高高的耳朵，向他透露："船上有一名罪犯。"

但船长拒绝抓捕那名乘客，所以瓜纳米鲁开始自己进行调查，看船上的乘客中间是否可能有史密斯的同伙。然而他什么都没调查出来，只有一对来自底舱的蓬着头发的移民夫

1 原文为西班牙语。

妇，他们唯一的罪行就是浪费了几袋咖啡，并且为了加倍的快乐将其中一袋爆开。

随后，瓜纳米鲁带着司务长和两名用餐巾武装好的服务员出其不意地进入史密斯的船舱。他们进去的时候发现史密斯仍在老老实实地刷着牙，就好像他打算再活很多日子。在瓜纳米鲁的一个示意下，两名服务员上去抓住了他，那时他右手里还握着牙刷，左手边刚刚放下装有粉色水的杯子，他们凭气味就知道里面是漱口水。

负责这次行动的瓜纳米鲁毫不费力地向他的助手们证明，这个拿着牙刷的男人用着假名、假胡须，而在这片假胡须下面藏着一个真正的罪犯的下巴，罪犯试图把它埋在一个过于遮遮掩掩的假领领口来伪装成一个正直的人。

他们在史密斯船舱的箱子里发现了一只还戴着戒指的手。而史密斯硬说那是一只备用手，因为担心有可能发生意外，所以他每次旅行都得带着。当有人驳斥他那是一只女人的手，而且已经轻微腐烂，对他没有任何用途时，嫌疑人又声称是在里奥格兰德的多斯帕托斯大街的一条长凳上找到它的，他出于好心将它收了起来，希望有一天能将它还给真正的主人。至于那手上戴着的戒指，就是他家人给他的一些首饰，从他母亲或者姐姐那里得来的。他已经记不太清了。

这些解释如果不能说是含糊不清，也至少已经显得前后矛盾。史密斯被带到船长那里，并最终向他承认就是自己谋杀了这个女人，原因是她不答应自己的求婚。

两名水手将史密斯带到了地牢。瓜纳米鲁紧随其后。被允许跟瓜纳米鲁说一句话的囚犯对他低声说道：“小心那座火山！”

说完他就猝然倒毙了。

受到这些事件影响的瓜纳米鲁回到了自己的船舱，打算躺在床上静静地思考。史密斯是如何知道火山的存在的？消息是从哪儿泄露的？未来有没有猜到史密斯知晓此事而且瓜纳米鲁也知道这个杀人犯对此有所察觉？

瓜纳米鲁已经开始脱衣服了，这时火山发出冷笑的声音：“你居然打算睡觉了。但是今天还没结束呢，懒惰的人！”

首先要冷静：“是谁？”
要去寻找鲜活的肉体。

在瓜纳米鲁甚至还没意识到的时候，与火山的这种交流就被写成了诗句，如果可以这么说的话，这倒是头一次。那时的瓜纳米鲁还穿着一件绘有金丝雀觅食图的海绿色睡衣，手里拿着一条印有野生雏菊草地图的丝背心，他立马冲入黑夜之中，顺利穿过了要争夺甲板空中控制权的音乐声和谈话声。跟在瓜纳米鲁后面的是一名船上的医生，他觉得瓜纳米鲁可能会需要他，虽然他也不太知道为什么会这么想。瓜纳米鲁往下走到客轮的前部，那里有几个晚饭只吃了鹰嘴豆的移民卑微地拉着手风琴。

快到船头的时候，瓜纳米鲁大声喊道："是谁？"

从艏柱那里好像传来了一个哀怨的女子的声音，用特别标准的英语在求救。

倚在栏杆上的瓜纳米鲁辨识出来夜色中似乎完全漆黑的一个生物，它骑在船首的棱边上，凭借一股超自然的力量试图改变客轮的方向，好让船在327k号暗礁上搁浅，而这片暗礁为所有在这片海域航行的水手所熟知。

没有什么好怀疑的了。那是一条黑色的美人鱼，就像人们在赤道旁的非洲海岸还看得到的那种一样。

船长已经把探照灯照向前面，人们可以看到那条美人鱼比起黑色来说其实更像是深夜的颜色。因为不是白色，她反而更加吸引人。流动的深海映照出她低垂眼帘下的目光。而她唯一的装饰就是一条以闭合着的小牡蛎串成的项链，那上面还滴着几滴忧愁的海水。

瓜纳米鲁对着扩音器已经宣告了三遍："我们侥幸脱险了。你们眼前所看到的女子是一条美人鱼。"他松了一口气，然后又对着扩音器的金属管大声说道："不过这涉及的就完全是神话的问题了。"激动的情绪下，他的话被分成了时多时少的几部分，这时，美人鱼要求穿一件浴衣。

客运主任和司务长负责把还是湿漉漉的她裹起来，她原来身上只有毛茸茸的零星布条，就像一个朱阿夫兵[1]。很快，这个女孩就被带到了舷梯上。在他们经过的甲板上，所有的女人，即使是最丑的女人，都已经消失了，就好像她们对女性特质的中心——同时也是陷阱——感到害怕。不过人们还是可以看到她们透过舷窗好奇地张望。

瓜纳米鲁获得允许可以加入盘问。

“所以还有其他的美人鱼吗？”这个造火山的人心中的震惊又加剧了，因为船长看着钟摆来计算这个离开海水活不过两小时的海女什么时候会死去。

“但是整片大海都被她侵扰了，”船长谄媚地说道，“您不知道吗？这可能是您的第一次航行吧。这里所有的水手都见过她，不过我们出于迷信的恐惧从来不说，或者给它们起一些隐藏特征的名字。所以在战争期间，我们才会称它们为海底地雷、鱼雷、暴行者和自爆物。1914 年至 1918 年[2]给我们造成那么多伤害的美人鱼马里诺 - 马里内[3]最后怎么样了呢？”

“我感觉她生活得挺好的。”来自海洋的女孩说道，“我很久没有见到她了。”

然后美人鱼就从之前的深黑色变成了天蓝色。船长和瓜

1 法国轻步兵的一种。

2 也就是“一战”期间。

3 原为作“Marino-Marine”，前者在西班牙语中、后者在法语中意思一样，均是“与海有关的（人、事、物）”。

纳米鲁假装没有注意到，但是有人看到他们神色震惊，身体都变得僵硬了一些。

“您知道为什么人们给这条美人鱼取这个名字吗？”船长装出一副无动于衷的样子向瓜纳米鲁问道，“我想要听听这位小姐怎么说，看看她的版本是否能证实我所了解的。”

“这个名字是由马里诺 - 马里内撞沉的那些船的名字首字母组成的。这起初只不过是我们情报机构的一种记忆法。用这样的方式给我们命名的习惯慢慢建立了起来。好几条美人鱼获得了非常动听的名字。我们就这样有了美人鱼阿茱莉娜、上校、少女、歌剧院广场……但并不是所有的美人鱼都能如此幸运地作出选择，一条想要叫新茱莉（Nouvelle Julie）的美人鱼，不得不用了新朱利普（Nouvelle Julip）这个名字，因为信息出错，她最后撞沉的那艘是希腊货船帕特里斯（Patris），而她一直以为那是英国运煤船伊格尔（Eagle）。”

“确实是这样。”船长说，“那您呢，您叫什么名字？”

“我是美人鱼 825，来自小 g 船队。”

“这名字很好，不过您值得更好的。”

“这是因为我还没有撞沉过任何船只。”

“您说过……”

“我发誓。”

然后美人鱼又从之前的天蓝色变成了藏红色。

“船长，”瓜纳米鲁插话道，“请原谅我，不过我的这一观察应该还是很重要的。曾经有人告诉我，美人鱼身体的末端是一条活鱼尾。我相信在这位小姐身上也肯定是这样的。”

“是的，是有人这么说。”美人鱼打断了他，“不过如果我们现在还长着一条带鳞片的尾巴，那看起来像什么样呢？只有在我们最遥远的那些村庄里，才剩下几个还戴着这种尾巴的老人。”

“您说得很有道理，”瓜纳米鲁说，“每个人都应该以自己的方式进化。”

“只要在海事法所允许的范围内。”船长说道。他本来是想用冷酷的声音说话，但是由于女子的存在，他的声音又柔和了许多。

“所以，您有一双真正的腿，小姐……”瓜纳米鲁用有一丝低哑的声音重复道。

“我们有我们该有的东西。”美人鱼一边把浴衣紧紧裹到身上，一边用来自深海的谨慎语气回答道。

“那么请允许我问另一个问题：当您从海里出来时，是怎么做到让您的头发一点都不湿的？”

“我们的头发天生就有干燥的本事，我们的双脚也是，即使我们潜入几千米深的地方。这就是个习惯的问题。所以如果不是这样的话，您想想我们会遭遇多少烦恼。我们会把生命中最美好的时光用在与感冒的斗争和寻找合适发型的徒劳尝试中，而只要双脚和头发干燥，我们就能走很远！”

船长觉得已经到喝鸡尾酒、刺柏酒和威士忌的时候了。女孩喝了几杯，然后又请求允许她在所供应的饮料里加一撮盐。她看起来对这一举动极为重视。她所有的动作都充满了深深的贵族气息，在两个男人竖起的耳朵里留下了贝壳絮语般的声音。

她的沉默是如此珍贵，稀有且易逝的宝石都要在船舱的桌子和墙壁上将其记录下来。

一段令人愉快的时光后，船长开始说话了："您有什么需要为自己辩护的吗，小姐？您知道自己冒着很大的风险。"

女孩微笑了，很快两个男人就非常明显地看到她湿润的嘴唇发生了形状和颜色的变化，以至于他们三个都为此感到尴尬。

"您似乎忘记了您是在犯罪时被当场抓住的。"船长在经过一番努力而且整个人都变得通红之后说道（在以美人鱼为中心的爱情故事中，人类几乎是不可能责备女性的），"我非常确信，您和您的同伴一样，在长长的头发里藏满了沉船的灯泡。我也确信，如果我们没有在您处境不利的时候——一条腿卡在船体和锚链之间——无意间碰到您，您本可以把我们冲撞到船头。"

美人鱼摘下救生圈，将它靠在桌子上，装出一副要用它当作临时船舵的样子。

"真别致啊，"瓜纳米鲁说，"现在就是您在驾驶这艘船了。”

“就是这样，不是吗？”感到失败又高兴的船长说道，“我觉得这真的太美妙了。在我漫长的航海生涯中，我从未见过这样的东西。当一艘客轮由美人鱼来驾驶的时候，船上就会有无序的幸福感。云雾弥漫到吸烟室里，在酒徒的大脑里制造破坏，而他们还特别享受这一过程。每一天，幸福的时钟都在中午到下午两点钟敲响。在甲板上和音乐厅里，人们能看到海樱桃花和珊瑚胸针。身穿白色长裤的绅士小心地将它们拾起来送给年轻女子，而那些女子在甲板上一边微笑着，一边自然地脱下衣服，一步一步，直至慢慢脱光全身。”

然而，美人鱼却酝酿着沉默，这沉默在她的牙齿和嘴唇上闪耀，就像船经过时海里泛起的泡沫。不敢去触碰她的两个男人紧盯着自己的手。他们担心只要和她有一丝轻微的接触，他们就会失去双脚和灵魂，并且只能在海底深处的藻类和章鱼之间将它们寻回。

这时，美人鱼又从之前的藏红色变成了瓦伦西亚橙色、佛得角祖母绿色和纯乳白色。

每次她一变颜色，船长和瓜纳米鲁就恳求她：

“求您了，小姐，就保持这个样子吧，您多好看啊！您再也不能比这更美了！”

“这甚至就是完美的样子了，天使的部分和魔鬼的部分仅仅用一条虚线分开的程度。”

但美人鱼一点一点开始变白，如此美妙、如此自然的白色，就好像她一直以来都是这样。

瓜纳米鲁和船长不得不在桌面上伏了很长时间，以免像被电击的鸽子一样精疲力竭地累倒。

刺柏酒瓶喝空之后，这个来自海底的女子就从文件夹中拿出一张纸，然后飞快地用船长的笔在上面画出一个由飞鱼簇拥的船底。她卷起纸，将它悄悄塞入一个空瓶，然后请求允许通过舷窗将其扔进海中……

“哎呀！您想做什么就做好了，”船长说，“就像在自己家里一样。”

……这样，跟在船后面而且应该已经很担心她的母亲就能清楚知道她的身体状况很好，并且那天晚上不回去吃饭了。

饭后，由于薄杯里倒的是非常烈的酒，他们似乎都快倒下了。瓜纳米鲁注意到船长的脸上出现了越来越明显的不安神色。他的皱纹加深了两倍，那双普通的黑眼睛看起来像是最近才干的两滴紫色墨水点。他知道那个女孩的生命只剩下五分钟了，他就这样在她面前看着她，将她判处死刑。美人鱼也意识到了什么。但是她并没有动弹。她的一个朋友曾告诉她，吞下几撮盐就可以避免窒息而死。比起通过敞开的舷窗逃走，她更喜欢掏出盐瓶。在此之前，她只见过那些溺死的人，这两个睁着眼睛、衣服都没湿的男人奇怪地迷住了她。和他们分享快乐让她打心底里感到开心。

突然之间，她踉跄了几步，感到窒息，然后就跌倒了，嘴角还沾着一些盐，脸上甚至没有面对死亡的恐惧。她倒下的时候浴衣敞开了，瓜纳米鲁和船长又仔细地给她重新盖好。

“啊！她真的死了。”船长把耳朵贴在女孩的心脏上说。现在那颗心脏只不过是一朵被蜜蜂抛弃的玫瑰。

“为什么不呢？”瓜纳米鲁号啕大哭起来，不太清楚船长在说什么。

“我们不能再把这具奇怪的尸体留在这里了。船上的规定是很明确的。必须把它扔到海里。”

“那我们赶快吧。”不敢抱有很大希望的瓜纳米鲁说。

“您抱住她的脚，我来托住头。给她留着那件浴衣吧。”船长想到：这上面有我名字的首字母。

瓜纳米鲁和船长以他们那种五十多岁人特有的精准和谨慎将美人鱼抛入海中。光头船长看到一个穿着制服的水手开始沉默，半跪着的瓜纳米鲁背书一般说自己已经二十五年没有做过“我们在天上的父”[1]这种祷告了。

他们刚把那条美人鱼放入海浪中，她便在大海的轻抚下复活了过来，伸出一条比平常还要大一点的花式珍珠色手臂，做出告别的手势。在从下面被照亮的海浪上，船长和瓜纳米

1 原文作“Padre Nuestros que estas en los Cielos”，西班牙语，《主祷文》开头的祷词。

鲁看到了用鳞光闪闪的字母写成的“Merci”[1]一词。

真是非常美丽的效果。

“她活着！她活着！”瓜纳米鲁大喊。

“我们是罪犯。多亏了我们，这个女子仍然可以作恶。让我们回到我的船舱里去吧。我想应该还有些杜松子酒。”

整整一晚，瓜纳米鲁都没法入睡。他的眼前再次出现了杀人犯史密斯和他的三只手、美人鱼、船长、酒瓶和浴衣。唉，浴衣还是半敞开着的！

那天火山对他的暗示好像就在眼前。但是接下来的几天，他仍然保持着完全漠不关心的状态，直到有人朝着加那利群岛的公海方向大喊“陆地”的时候，他才开始敏锐地闻到岛上水果的气味。

随着船向欧洲沿海地区靠近，天气变得阴沉起来。未来向瓜纳米鲁提议，借由天空为他们准备的黑白云层来下一盘跳棋。不过，瓜纳米鲁或他的对手一动棋子，暴雨就倾盆而下，这让其他的乘客，尤其是女性乘客感到不适，而让孩子们爆发出在空中都能听到的大笑声。

这个南方人无法忘记美人鱼。

在“谢谢”这个词之后，他觉得又在波涛上看到了“回

1　意即“谢谢”。

头见”。而船长认为这是不可能的事，为此，他们在晚上对着她喝酒时碰过的五个杯子，一边抽着雪茄，一边争论了许久。

瓜纳米鲁认为真的看到了。然而，科尔杜昂灯塔已经开始闪烁，但那个来自海洋的女孩却没有回来。

说到底，这可能是美人鱼之间说话的一种方式，建造火山的人这么想，她们虽然说回头见（就像其他人说再见），但却并不打算在这个世界或另一个世界再次见到你，永远、永远都不会了。

V

巴黎地图

他太高兴了，终于来到了法国，并且将在这里的八千万人面前大显身手！

乘坐火车从波尔多到巴黎的旅途中，这个傲慢的潘帕斯人一直被三个密闭空间围着，只能透过车厢门对着聚集在钟楼周围的村民高声喊了好几次："右边四点钟方向，前进！瓜纳米鲁到了。跟着他走，你们只需要沿着铁路走，一直直走就到巴黎了。"

快到市政府的时候，他下了车，想在首都散散步。

他想象自己在巴黎人锐利目光的注视下前进，甚至百叶窗后面的马眼睛、柜台后面的收银员的眼睛、收银员后面老板的眼睛，以及老板后面上帝的独特眼睛都好奇地看着他，在他身影周围绕成一圈，以确保他的存在。房屋透过它们的窗户，煤气灯这些铁制的东西透过它们坚硬的身躯，树木透过叶丛上分散又细密的目光，它们都在观察他。

"巴黎森林里总是站成立正姿势等着我的树啊，"他以一种公布议程的方式跟它们说道，"最后这位就是来自拉斯德利西亚斯（南美洲）的胡安·费尔南德斯-瓜纳米鲁。你们要知道，我现在到巴黎，就是出于一个关系到地下土、地表和天空的重要原因。那就是树木！我想要让你们休息，让你们拥有应有的一次放松。一旦我的事业取得成功，我向你们发誓，你们就有空回到附近的森林，如果情况允许，就在那儿永久隐居。"

如果说树木随着这位农场主的到来而变得看起来生机勃勃，那么，那些行人，就像人们第一次看到一个城市时经常会发生的那样，却给他留下了机械人体模型一般的印象，而且他们的双腿极其灵活，他觉得就算用拐杖或雨伞打他们几下也不会扰乱他们的步伐。甚至还可以用手枪对着这些目标练习。

而诸如巴黎歌剧院、凯旋门或埃菲尔铁塔之类的名胜古迹，他觉得它们与其说是原物，不如说是忠实的复制品，一些巨大的镇纸或巨型明信片。

只有等他登上埃菲尔铁塔的第三层，看到四周都是瓦尔基丽[1]的巴黎歌剧院舞台，然后跟着一名向导穿过凯旋门的时候，这些名胜古迹才展现出它们真正的比例和深度。

在每个商铺的店面中，他都依靠细节认出了自己灵魂中的不同分支。

花店橱窗：这是瓜纳米鲁敏感性中的一些新鲜片段。无限的贞洁。一只水晶喷壶倚在花朵上，还有一只女性的手在上面独自来来回回，不受手臂和身体的限制，善解人意，温柔而文雅地待在花朵中。

如果有人走进这家店，那么他一打开门，店铺上方就会掉下一些小赠品：如果是一位女士，掉下的就是玫瑰花瓣；

1　北欧神话中的战争女神。

如果是一位先生，掉下的就是石竹花瓣；如果是一个小姑娘，掉下的就是糖渍的紫罗兰花瓣。

明信片店橱窗：著名的女演员在那里欢迎您的到来。不过这就发生在人行道中间。我们到底在哪里呢？像爱情一样捉摸不定。

这里是一家刀具店：看起来冰冰冷冷的钢材。准备好服务的认真的剃须刀：男人们，他们蹙起了眉头。身处所有这些攻击和犯罪的可能性之中，这个金发女孩是如何做到保持自然的微笑的？角落里还摆着一些手枪和子弹，目标不明。匿名的狂热。

我们终于到了：一家肉店。这是一家真正的肉店。刀最终还是派上了用场。罪行也已犯下。瓜纳米鲁认出了他的同谋者。我们可以朝被砍掉脑袋的受害者走去。为了欺骗别人，我们在肉里插上一个铜制的牌子：上等牛肉。而肉铺的小伙计们一直站着，像是在悔恨。他们受不了就这样看着受害者，所以只能快速将它们切开，好让饥饿的路人闭嘴。

然后是赦罪环节：这位农场主的赦罪就在这家理发店里举行，有人在他的脸上喷洒了好久的水。然后所有的犯罪痕迹，甚至心理上的痕迹都消失在了盥洗盆中，这一步由清洗剂来负责。之后就有人把洗得干干净净的他送回了家，脸颊和颈背上还扑了粉。

瓜纳米鲁开始寻找住处，旅馆每天进进出出的人太多，似乎不太适合他进行深入的调查。同时他也害怕未来被偷走。

这个外国人起初并没有找到完全空着的公寓，别人最多只能提供给他两间他一点都不想要的凶宅，他发现自己一生中在这些问题上花费的时间已经足够多了。

而他只想住在某些街道上的愿望也增加了他寻找住所时遇到的困难。

当他到达车站时，只有旅行社的一位员工向他打了招呼，而且还为此收了他五法郎。感到有些难过的瓜纳米鲁想，因为他在这座大城市里还默默无闻，所以他一定得住在巴斯德大道或维克多·雨果大街上，这些街道显赫的名字就非常适合他。而他之所以选定这条大街，是因为这样就有极大的机会能够住在拉马丁广场对面，他的快乐就会翻倍，如果附近的维克多·雨果熟食店和拉马丁乳品店没有把广场分成小块的话。密特朗总统是怎么允许这样的亵渎行为发生的？要是伊帕塔希共和国[1]的领事代表拉丁美洲人抗议呢？

为什么我在这个浴缸里还没有一个情妇呢？瓜纳米鲁某天在他的大公寓里发现第二个浴室时想到，我还是看着未来吧。

自从他来到巴黎，他那些纵欲的想法难道还没有恬不知

1 此国家名系作者杜撰。

耻地布满马路和大街，并且在那里引起各种风化警察和巡警的注意吗?

他告诉司机把他送到有人向他推荐的欧洲区。在伦敦路上，一个年轻女子经过，她流水一般灵动且闪闪发光的双眼向四处投送出眼波。瓜纳米鲁从她身上受到了心灵和记忆的双重冲击。

她像极了那条美人鱼。

他跳下车，立刻就作了决定：“小姐，您是否愿意允许一个经过巴黎的南美洲人向您指出已经不再下雨了？”

似乎只有那把伞听到了这句话，它旋即在几滴泪珠中合拢。瓜纳米鲁由此得出结论，物体有时比女性更具有敏感性，所以当那个陌生女子穿过欧洲广场，进入被昏暗灯光照得像狭长密室的爱丁堡路时，他就不准备继续尝试了。

他重新开始期待他那压抑的心带来的沉重愉悦时，那个女子飞快进入了 49 号房子，然后头都不回地关上了玻璃门。

然而二楼的一扇窗户打开了，那时他还在犹豫不决，一只脚朝向安的列斯群岛，另一只朝向忧郁。一个身着灰色的人影丢下来一卷纸，并且示意瓜纳米鲁走开。这个没有附带任何信息的东西里藏有一幅精心检查过和装饰过的南美地图:那道海岸边的所有涟漪、瑕疵，甚至最小的一点错误都已消失了。

在海蓝色的背景下，美洲显得如此焕发青春，看起来至多只有十八岁。回到住处之后，瓜纳米鲁又离远凑近地细细检查了那张地图，发现那上面的大西洋写着印度洋的名字。而把自己的签名章盖在地图底部的，是一位学识无法被质疑的著名地理学者，他丝毫不费力地向这个南美洲人证明就是他一直到那时都弄错了。

第二天，这个外国人再次来到爱丁堡路。片刻之后，从前一天的那个窗口掉下来一张新的纸。这是一幅欧洲地图，虽然整体上并不太像，但是透露出刚毅之气和战争的意味。他在上面看到了一些岛屿、一些全新的山脉。总体而言是非常有意思的原创。布列塔尼半岛的犬牙交错和科唐坦半岛的海角所带来的困难通过两条宽大又和谐的曲线得以解决，法国因此在海上有了三十万新居民、五万二千公顷土地、十多个城市（包括一个主教管辖区）和五十公里的全新领空，而这片新领空与之前的衔接得如此之好，以至于都看不到接合的地方。塞纳河不再只是一条小河，而是低调地注入卢瓦尔河。取代它的是马恩河，自从战争以来，它就在一片欢呼中流经巴黎，最后骄傲地注入敦刻尔克和加来之间的北海。

跟前天一样，有人向瓜纳米鲁示意赶快走开。回到家，这个外国人细细地观察那张纸，将它放在一盏电灯前面，然后在水印上读到："明天早上五点在夏特莱地铁站前见。"

第二天，瓜纳米鲁前去赴约。他一眼就认出了那个女子，她穿着一套和谐地绘有八十九个彩点的衣服，就像共和国国旗上展示的省份一样。左手拿着的是一个和科西嘉岛形状有点相像的手包。

她带瓜纳米鲁去了一家酒吧，在那里他就可以从容地细细观察她了。她不是那条美人鱼，但是在卖弄自己的时候和她很像，那时这个美洲人就觉得看到了还不明确的几分希望。

“我认识您很久了，胡安·费尔南德斯-瓜纳米鲁先生。”

“所以您知道我的名字？”

“您来自拉斯德利西亚斯，那里的六片海滩之上一年四季都是被风卷起的蓝色天空。”

线[1]停顿了片刻，瓜纳米鲁此时非常清楚地在她每个瞳孔里辨认出了突出得更加细致的紫色。

“您不需要向我讲述您的故事。”她重复道，“人们只在茶室或电梯里谈论您，而那些巴黎人假装不理会您，是为了让您好好准备休息，这您是知道的。”

“真的吗？”瓜纳米鲁欣喜地说道。他浑身都高兴了起来。

年轻女子一边将科西嘉岛包放到她的蛋奶酒旁，一边低声补充道：“有人还私下售卖您的照片呢，每张三法郎。”

“我猜到了。”充满自豪的瓜纳米鲁说道，“不过我能知道我有幸在与谁交谈吗？”

“黎明之线。我刚刚结束两趟环球之旅回来，先是在一

1　该女子名字的简称，全称即后文的“黎明之线”（Line du Petit Jour）。

个海地诗人的怀抱中由东向西航行，然后在一个斯堪的纳维亚画家的膝盖上反方向回来。而正是这趟旅途让我觉得有点困惑，正如您会看到的。由于长时间透过车门或舷窗向外看，我就一直觉得田野、庄稼、森林、山脉、房屋、整座城镇，这一切都失去了根基，而且永远都找不回来了。而让我痛苦的是那天，有人跟我解释说所有这一切移动只不过是幻象，还是得重新相信其作为不动物的千种形态，相信这些因为再三要求和自以为是的愚蠢而变得粗俗和过分的不动物。难道不是移动或者至少是移动的可能给予了事物灵魂和高贵的品质吗？从高山到大海，想想这一切都会永远留在同样的位置，不是很可怕吗？面对这一大片无用的、未完成的、咸咸的海水，我们是不是只能允许潮汐发生？因为只有它是被预估好的，由月亮监视着，而且只会因为历法偏差出现变化。”

在这个漂亮女子出去的时候，瓜纳米鲁沉思着：如果她不是那条美人鱼，那又为什么与之如此相像呢？为什么她散发着海藻和大海的气息？那眼神、鼻子、嘴唇、喉咙都与之一样。她身上的神秘和女性气质也与之相似。在离大海这么遥远的地方，她也会睁着那双大眼睛——我刚刚还看到有海豚在其中洄游——倒在我的怀里窒息而死吗？那么，这家酒吧里那些散发出锯末、雪茄屁股和狭隘灵魂之气味的人会怎么想？她刚刚用手做了一个和那条美人鱼一模一样的小动作，把耳朵后面松散下来的一缕头发固定好。存在的相似性，两张面孔穿过时间和空间之后微妙的一致性，要到何种程度才会让你觉得你的对象就是那一个？那为什么这壁炉上两个相同的花瓶永远都不会变成一个呢？

“要是我至少能像打乱多米诺骨牌一样弄乱这个国家就好啦！”线又开始说，她用一个指南针和一支铅笔在桌子的一角上点点画画，“把巴塔哥尼亚往北推一点点，格陵兰往东一点点，给地极一条核心通道！在经过千百个世纪令人钦佩的坚持之后，那些河流都在同一地点发源并且汇入大海，只有其中的水会改变，难道这就是无法接受的吗？创造出新的风景吧！多少次，在乡下散步时我会想到，要是这里有一大片水就好了？应该要有一片拉马丁‘湖’。”

“不好意思，小姐，您会游泳吗？”再也忍不住的瓜纳米鲁突然问道。

他的打断使这个年轻女子突然陷入一种特别激昂的状态之中，一条小小的珊瑚眼镜蛇从她袒胸露肩、令人怜惜的上衣里钻了出来，火红色信子上有两个非常整洁的尖头，它准备释放毒液。

美洲人已经往后退了一大步。

“没什么关系的，”她说，“这是表达礼貌的一种简单方式。您不需要害怕。这条蛇已经重新回到巴西森林里了。”

还没从怒火中恢复平静，她轻轻咬着她的手帕。

“我会变得很不幸的，”她终于说道，“如果我们没有地铁和电影院的话。因为它们至少可以包容我这个移动女孩。”

因为瓜纳米鲁悄悄承认自己还不认识地铁的线路，所以线主动提出带他去看一看。他们恰好就来到了刚刚下车的市政府站附近。瓜纳米鲁走出去叫他的司机跟着他们走。

现在他们并排站在地铁车厢里了。

“靠车窗玻璃近一点儿。把您的额头贴到上面。还是一样的，对吧？”她狂热又好奇地问道。

“我只看到一片墙壁围成的森林、水泥砌成的果园和硬邦邦的拱形人造天空。令人焦虑的是无法看到太阳、建筑物或公交车。在我们头顶上方是数千盏电灯，而不是飞机。我们面前，哪怕一棵最小的桉树、一段葡萄藤或一根草，都没有。牛羊都不见了，您变得太可怕了！”

“那车站里呢？”

“我看到一个和大气一样重的拨动开关。一些巨大的文字最终会将我们吞噬。所有的颜色都躲到了广告海报上，它们在上面愤然与一万块小陶瓷片的单调进行对抗。一群似乎被动员起来的人，有男人，也有女人，他们一般都身着便服，聚集在一起低声发表评论，并没有露出日光已经消失的样子。背着沉重物资的援军从楼梯上下来，加入驻扎部队。所有这些人都开始在站台上排队，就像要接受站长的检查一样，而站长因为生活在一顶白色公职帽的暗影下而感到开心，他最终也会把这顶帽子当作一棵树，既然它给他带来了如此多的宁静。”

“车厢里呢？”

“我只看到您。”

“好好看一看。”

“我还看到几个漂亮女人，她们似乎下定决心永远都不出这趟地铁。然而突然之间其中一个就站起来下了车，我们便再也听不到有关她的谈论。”

“就这些吗？”

“还有一些在那里坐着或站着的先生，他们等待着某些类似政权更迭的事情。别的我就没有看到了。”

“您的目光这么短浅，真是太可惜了。”黎明之线说，“您不能将目光再放长远一点吗？我的目光就走得更远，而且这些地下的拱形非但没有阻碍它，反而对它产生了奇妙的刺激。它们让我能准确地把这片风景的背景色与一个如此可怜的天才区别开来。事实上，这一站的名字——皇家宫殿——只不过是市议会的一个笔误，或者更确切地说，是一个不完整的称呼。其实，我的好朋友，我们现在在墨西哥边境，我将尽早向您证明这一点。”

“怎么会呢？”瓜纳米鲁眨了好几下的眼睛里透露出不可思议。

“您不是看到那个站长了吗？不论做什么工作，他都是一个印第安人，他的眼睛就不是法国人的眼睛，他看上去难道不是更像阿兹特克人吗？他藏起了他的马和卡宾枪。他靠在电话旁，难道不是在用一种传统语言请求支援吗？您可能天真地把所有这些箭头都当作了让地铁乘客在这座迷宫中辨认方向的记号，然而实际上它们都是印第安人真实的飞箭，最后用来杀死某个人。看看这个小小的、尖尖的、似乎在观察着我们的东西，由于你们人类有简化癖好，您可能会把它当作一个等地铁的人。如果朝它走近一点，您就会看到它覆满了长长的刺，而且长有十条手臂。这是一小段来自美洲沙漠的巨型仙人掌。它在那儿凝视了五十年的时间，却还不知道自己作为多肉植物的全部厚度。而那个假的检票员就是管控通行证的革命领袖奎达多[1]！时不时，他就从经过的隐形鸵鸟身上拔下一根羽毛，并将其固定到自己的帽子上以示信心。每个人，甚至是植物都渴望着一场即将到来的决定性胜利。”

“您和我谈论墨西哥的样子就好像我们会一直在那儿一样。”瓜纳米鲁说，“打您把那边的那个站长指给我看，列车就一直没有停止前进，我们已经过了三站并换了一次地铁线。”

“这没关系，在一个多山且开发水平还很低的国家，路上的风险就在于此。”

“我想去日本。”

1 此人名系作者杜撰。

“去日本可不容易，要换乘三十二趟列车，并且穿越塞纳河十二次。那个公司无法提供有关到达时间的任何信息，而且一路上确实会有太多的站。而一旦我们经过了三个站，最多四个站，我就不得不上去尽快回家了。我也有一个母亲。”

碰巧第四站到了皇冠站，年轻女子就和瓜纳米鲁重新回到了巴黎的地面上。

农场主的车已经等他们很长时间了。

当天晚上，线和她的同伴去了电影院。他们刚坐下来，线就大叫道：“我们也来得太巧了。这就是今天下午我们在地铁上看的那集的后续。我认得奎达多和他的手下。”

然而，那些为了围捕牛群而越过边境的墨西哥人很快就忘记了刚刚收到的警报。他们四处逃窜，跟在身后的是骑着栗色马的执行官和他英勇的五十个手下。但是，美洲人疯狂的速度和过浓的夜色很快就使他们误入歧途。在离开圣地亚哥市的时候，他们没有右转，而是越过交响乐团，在电影院急速停了下来。在一片铁器、马衔索、马嚼子和观众的嘈杂声中，许多马连同他们的骑手都滚到了地上。执行官命令道：“集合！”在他的带领下，整个部队都到达了那条林荫大道，通过一扇只在这种情况下使用的秘密之门回到了屏幕。线和瓜纳米鲁的掌声与少数几个没有逃走的人的混合在一起。这次被指挥得更好的骑兵成功地重新开始了对墨西哥人的追捕，后者在一片极度的混乱中越回了边境，连伤员都顾不上了。

这个乱哄哄的桥段过后，放映厅内的四十一把扶手椅都化为了一小堆灰尘，到处都是折断的肋骨，以及经分析是神秘兽粪的奇怪物质。钢琴也疯了，独自弹奏起演出曲目。到午夜，人们还是没法结束它的机械错乱，只能决定将它合起来。

线和瓜纳米鲁仍在电影院里。他们在晚餐时已经吃了一盒菱形水果香糖和一朵她不再佩戴的玫瑰，现在只有玫瑰的刺和香气留在了她的上衣上。

VI

家庭事务或背影

线第二天并没有赴约。为了让自己平静一下，这个南美人要去布瓦转一圈。

他为什么坐在了汽车的左边，就好像已经把右边的座位留给了某人一样？当他正打算换座位的时候，看到一位女士[1]在他的对面，并且向他轻轻行了一个充满敬意和热带气息的礼。她身穿黑色的衣服，手里拿着一串对应“十五端奥迹”的念珠[2]。她那西班牙人血统的薄薄的褐色皮肤几乎没有皱纹，讲述着一段没有伤痕的过去。然而她却有五十多岁的痕迹。这种年龄感与其说来自身体，不如说来自灵魂，慢慢地在她脸上表现出来，就像已经流经过不少路程的河水，离那终点的大海也不太遥远了。

这位邻座上的女士让瓜纳米鲁感到特别为难，他一开始只知道说：“不好意思，女士，恐怕您坐错车了。”

“所以你不认得我了吗，弟弟？”她用有些低沉的声音说道，“No me conoces, hermanito?”她将这句话翻译成了西班牙语。

“我根本不认识您，女士。”瓜纳米鲁用法语无情地回答道。他觉得这种语言让他和那个南美女人之间的距离更为

1　原文为西班牙语。

2　玫瑰念珠的一种。这是天主教徒诵念《玫瑰经》时使用的计数工具，共一百五十粒珠子，每十粒为一端，计十五端，对应《玫瑰经》中圣母子的十五端奥迹，也就是“欢喜五端”、“痛苦五端”和“荣福五端”。

遥远了，而西班牙语本来能让他快速越过这些距离。

“如果你不是一个男人的话，我就是你会变成的那个女人，你不可能的姐姐。自从我们的家庭医生说‘这是一个男孩’开始，我就跟随着你了。在这项裁定作出的几秒钟之前，我们的灵魂还在角落里思考我们两个中的哪一个要下定决心只能作为幽灵活着。

“你差一点就会成为我，像逗号的一撇一样活着……但是你在法国做什么呢，亲爱的朋友，我的兄弟？每个人都有自己的故乡。回拉斯德利西亚斯去吧，在那里的日常用语中，我们的家族姓氏就如同羊毛、皮革、玉米、爱、小面包、政治、电车等字眼一样普遍。离开这些法国女人吧，她们在你的血管里燃起了奇怪且有损健康的火焰。不用出拉斯德利西亚斯的主路，我就认得三百个非常漂亮的女孩，她们只想在露台的清新中爱慕你。我可以为她们的贞洁作担保。我们这样的幽灵，消息总是非常灵通。我们与沉默、光明、言语和黑暗交融。我们甚至还会变成处女胸脯上的圣母章牌，你难道不相信吗？”

片刻之后，她继续说道：“你为什么不娶特蕾西塔·洛佩斯 - 福斯蒂娜呢？她的母亲租了剧院里你隔壁的那个包厢。或者是人人称赞的、长着孤女般大眼睛的索莱达·巴尔德斯？”

“让我安静一点吧，女士，亲爱的鸨母。为了这些有着潘帕斯草原血统的野蛮人，我需要自己来选择一个巴黎女人，一个从未见过南十字座，而且也不懂西班牙语的女人。她会有巴黎口音，以及埃菲尔铁塔般的狡黠。如果她还有点小脾气，那就更好了！”

“你会感到后悔的，弟弟。你会非常痛苦，直至后悔没有像我一样成为由月亮捏成的小幽灵。”

傍晚时分，躺着的瓜纳米鲁在自己的一侧摸到了黎明之线的身体。太恐怖了！他弄错了。那是双脚冷冰冰的胡安娜·费尔南德斯 - 瓜纳米鲁。

“你没什么可害怕的，”她对瓜纳米鲁说，“我是你的姐姐，而且纯洁得如同山顶的空气。”

“所以才这么令人讨厌！你让我一个人待着吧，甩不开的姐姐！你就带着你的家族观念给我滚得远远的吧！你难道看不出来这张狭小的床容不下我们两个吗？”

“可我什么也没做，也没说话。我会守着你睡觉的。”

她在高腰睡裙外披了一条小小的玫瑰色羊毛披肩。她的卷发夹是天蓝色的，上面布满了银色的星星，就好像她即将要飞走一样。在她的圣衣上，我们可以读到：“撒旦背后，是耶稣和玛利亚的心。”

“滚开，滚开，滚开！”瓜纳米鲁手持勃朗宁手枪大喊道。

“你再也没法伤害我了，我在老早之前就被你谋杀了。”

她像条直线一样站了起来。

“门不在那边。”

“门？我还需要门？”

她朝那堵墙走去，以一副傲慢的姿态一下子冲了进去，然后便消失了，就连挂在上面的微型画都没有弄乱。

这个潘帕斯人无法忘记线的存在，他觉得她的身影不断拉长，出现在他的每一个念头之中。

然而，年轻女子并不愿意进入瓜纳米鲁的家。她按了门铃，等待门打开，然后却不愿跨过门槛。

现在作为贴身侍者的无数飞快地去叫了瓜纳米鲁。“我明天再来，今天我有些害怕。”她对农场主说道。

一想到他会令人害怕，瓜纳米鲁的皱纹和眉毛、鼻子和嘴巴的线条就迅速与被压抑的情欲特征结合到一起，织成了一张恐怖的网。丑陋的微笑在他脸上绕过重重障碍艰难地展开，他一边跟着线走下楼梯，一边向她许诺要给她一千头家畜，以后每年再给她三千只小羊羔，如果她同意做他的情妇的话。不过线走在他前面，很快就与这个美洲人隔开了五米人行道和一盏煤气灯的距离，在煤气灯后，她用安抚的声音说道：“明天见，我的朋友。我等的电车也来了。”

瓜纳米鲁像一头被打发走的公牛一样气喘吁吁地回到了家，然后把自己关在一个黑暗的房间里。“为了在那儿尽情释放悲伤。”他说。

一天，线终于同意进入这位农场主的公寓。经过瓜纳米鲁无数次的恳求，她才坐到了他的床上。不过她已经有所提防，瓜纳米鲁一碰到她的手臂，那条手臂就不见了。当他抚摸她膝盖的时候，膝盖就立即变成了他脑海中的记忆。但那条手臂又回到了原来的位置（虽然不是为了这个潘帕斯人），瓜纳米鲁却依然抓不住它。他想要亲吻她的嘴唇，然而除了一幅用红色铅笔绘制的图画外，他什么都没再找到。当他紧紧抓着线的时候，她的脸色变得如此苍白——而且她的灵魂在浅色礼服下也变得如此微弱——以至于她难以察觉地消失了，很快就只剩下背影。瓜纳米鲁无法接受这突然的消失，他在房间里寻找那名年轻女子，最后发现她熟睡在壁炉上，右手靠着一个当摆钟用的地球仪，化为了一尊青铜裸体雕像:《线，旅行者》（维克多·勒·布隆，H. C.）。

这个再也无法忍受的南美人只想要打碎戏弄他的艺术品和时间。但他的手在一个无底的深渊上摇晃，就像有人在安第斯山脉背着光看到的那样。

一阵精致的混合香水味蔓延到了房间里。从中闻得到现代西班牙的茉莉花香，一种15世纪中国（明朝）的香气，还有各种从路易十五时代开始就逐渐消失的活泼又秘密的香气。

瓜纳米鲁瘫倒在一把烂樱桃色的扶手椅中，然后突然回过头来。火山就在他身后。

“别再找那个女子了。”隔了短短一会儿，它重复道。

瓜纳米鲁闭上了眼睛，任由自己像跌入矿井一般跌入灵魂的深渊。他双手所有手指都变得异常沉重和无用，令人难以忍受。

沉默良久，火山开始用柑橘花给花环进行装饰。

“别再找那个女子了，忘了她。那不过就是一个可爱的幻影。”

“你这是在说什么，卑鄙的骗子？”这个南美人头晕晕的，双眼充满了憎恶。

“实话而已。”未来叹了口气。

“什么实话？”

……火山沉默了。

“我永远都不会同意……”瓜纳米鲁流着泪说，“你管她叫幻影，那么女人们在哪里呢？所有的巴黎女人在哪里呢？我只看到了她，我跟着她喉咙的运动练习与她一致的呼吸。”

“这些都是你脑海中的想象！应该是那张大西洋被印度洋取代了的南美洲地图引起了你的怀疑。”

“上面有施拉德[1]的签名……”

“这就是另一个原因！你应该想到这是张假的……”

“太不幸了！你欠我那条生命，而且还以此来戏弄我。我为什么不跟着那条美人鱼沉入海底呢？”

1　或许指法国地理学家、地图绘制员弗朗斯·施拉德（Franz Schrader，1844—1924）。

“但是，那条美人鱼，我的朋友，如果我跟你说……”

“那是我最珍贵的回忆，情感橱窗中最难得的部分，我不许你拿它开玩笑。”

“谁还相信那些美人鱼、怪异的杀手、离奇的姐姐？为了让你不要对同一种存在感到腻烦，我特意给你准备了这些幻想的产物。这一切都来自未来，是你的作品创造的杰作。不过我也一直等着轮到自己上场，在史密斯的报纸背后，在美人鱼的眼底，以及在线的手提包中，这些都是你从来没兴趣看一眼的地方。”

“你难道就没有心吗？”

“心脏是有损健康的一种器官，经常不用的话就会日益萎缩。我们很快就会在人类的胸膛中再也找不到它的痕迹。它就勉强比肚脐重要了那么一点。跟肚脐一样，它也是童年记忆。”

“所以我对你做了什么？为什么要这么跟着我？我难道不是一个正派的人吗？难道不就是那种人们在街角遇到，只要觉得他为人正派就想要和他打招呼的人吗？不过没什么能令你满意。你到底是谁？”他大喊道，“是谁，是哪一股未知的势力让你要弄一位处于人生转折点的农场主？你让我怀疑一切。我觉得自己的大脑在纵向移动。我会像绞死的人一样舌头从嘴里伸出来。”

“当我们从某个角度看所有那些绞死的人时，他们其实都在笑。不过他们的笑声位于里面。只有死者那边才能听到。”

“我在哪儿？我透过那扇窗看到的是欧洲的法国吗？还是我压根儿就没离开过我的国家？那边壁炉旁的，就像别人在学校里教我的那样，真的是我的右脚吗？还是左脚？是魔鬼？还是良善的上帝？”

“别管你的脚了。你只是在谈论你自己。那我要说什么，如果你一直抱怨的话？你，你是实实在在存在着的！你有一具每天早晚甚至深夜里都可以自由支配的身体，虽然每天晚上当你进入深睡时你就再也不做什么了。每天清晨，你带着你的双手、你的腰和身体之中自私的胃苏醒过来。而我，我从来都不睡觉，也从不醒来，我没有身体中枢，也没有心脏，就如你刚刚所说，我只不过是你身上分出来、移植到陌生人身上的一部分思想。你所不愿做的事对我来说都是乐事。噢！咀嚼一块烤好的面包！聆听心里的歌声，伸开双臂，去抓握，去拧扭，这才是活着！我看到你很厌恶吃药。而我多喜欢它们啊！它们会一路穿过我的身体。”

“你真可怜。”瓜纳米鲁说。

“在我无聊的时候，我甚至也不能自杀。子弹和毒药都伤害不了我。我是刀枪不入的。”

“要如何向你证明我的爱，我那黑暗另一边的兄长？无论我多么努力地伸出双臂，一个无情的夜晚就可以把我们分开，充斥其间的十万条恶犬不会放过任何东西。”

害怕自己已经对未来有所轻慢的念头折磨着这个南方人。三个星期以来，他一直努力向它证明自己最一丝不苟的深情。但是要如何安慰这个虚无的存在，而且是如此敏感的虚无的存在?

瓜纳米鲁在城市里进行了长途的沙漠探险，因为沙漠已经将他的想法包围。他夹在悲伤和坏情绪之间前行。有时，这两者之一会徘徊在路上，然后又匆忙加入队伍。我再也不知道该怎么看待我的火山，他沉思着，我等不及想看到它的爆发了，这可能会减轻它的一点痛苦。但是我只有科学院的答复，没有警察局的授权。可能是今晚，或者是昨晚，又或者是明天。我写了一封挂号信告诉这些先生，我带来了一座南美洲的火山。然而直到现在，他们只用微笑来回应我，虚伪的微笑。啊！法国人的微笑，就是潘帕斯草原上自由自在之人的仇敌！在巴黎，没有人认真地对待我，我在这里开始怀念那个在拉斯德利西亚斯的八岁孩子了，有一天他朝我的马扔了西瓜皮，就为了表示他已经认出我来。

这座火山是在变老还是生了某种病? 当瓜纳米鲁晚上回去的时候，未来用一种威胁又带有责备的语气对他说道：“就我们两个，现在！”

有时它的好奇心来得如此迫切和出人意料，会在半夜用一连串荒唐古怪的问题叫醒它旁边的人。“瓜纳米鲁在上一年的2月25日、3月3日和7月12日做了什么？他为什么在星期二出生？”火山想立刻就知道，“来自美洲的信件很快就会到吗？中国现在有多少人口？ rythme（节奏）这个词中一定要有y吗？是图拉真还是赫利俄加巴路斯？是赫利俄加巴路斯还是萨赫达纳帕勒？[1]你有没有好好地拒绝那个刚入职的裁缝让你去看看他的新面料的邀请？你最后决定好要告诉我你内心全部的感激了吗？”

未来问他：“你多大年龄？”这个时候，身体还很健康的瓜纳米鲁不得不谦恭地快速回答：“患动脉硬化癌的年纪。”如果他胆敢简单地回复“我五十岁了”，那座火山就会发火，并且开始散发出刚被搬动过的墓地的气息。

“噢！我知道你不再爱我了，”某天未来叹息道，“你甚至不愿意在你的床上给我腾出一小点位置。”

“来吧，睡吧。”

“我会睡觉吗？”

“什么都不要想，睡意就会来了。”

“你管我的思想叫什么？”

瓜纳米鲁没有回答。

一想起自己构思建造火山的计划那天，他就觉得可恨。

---

1 图拉真、赫利俄加巴路斯，罗马帝国皇帝；萨赫达纳帕勒，即亚述巴尼拔，亚述帝国皇帝。

第二天开始，他就下定了决心，要试着把未来淹死在塞纳河里。夜幕降临的时候，被这个计划吓到的瓜纳米鲁主动向他的灵性之子提议，让它出门旅行，他觉得这样就可以补救一下它气味中固有的暴力性。然而这座小山并没有作出任何回应，但是它又似乎听到了，因为它已经不再向空气中散发出气味。

“我们可以去那不勒斯，”瓜纳米鲁胆怯地说道，“在那里与一位优秀的朋友进行联系，或许还可以得到一些好的建议，这会让你很开心。你可能发现在他身边比在巴黎还好，因为这里缺少一种对你有利的环境。”

火山突然问他的交谈对象是不是瞧不起他。

“你想要我做什么？你说吧！”瓜纳米鲁还在坚持。

“我不会向刚刚想把我扔到塞纳河里的人提任何要求。”

“我？我从来没这么说过。”

“但你想过。”

“要是我的想法再也不属于我就好了！”瓜纳米鲁叹息道。

黎明时分，一阵阵难以形容的气味飘来，让这个南美人想起他本可以冲动之下放火烧掉的无数垂直线和水平线。在此之后，火山的主人终于痛苦地入睡了。

不过他的鼻子整夜都醒着。

VII

自　由

第二天，火山就消失了，只在一个空箱子里留下了各种意味深长的气味，有“把我找回来”，也有“别把我找回来”。瓜纳米鲁无法辨别出它的准确含义，但是他毫不费力地说服了自己后面这个版本才是正确的。

我是不是终于能按自己的方式生活了？他想着，在过去的时间里，我看到的是一个朋友、一个微笑着的同事，或者更确切地说，是一个刚刮过脸的下属，而不是一个有着多种形态的侦探，其知道我的所有行为甚至思想，监视着我脑海中最私人部分的想法的形成。

在六家不同的咖啡馆里，他分别喝了一杯格罗格酒，然后又从他喝最后一杯格罗格酒的咖啡馆开始，最后到他喝第四杯还是第二杯，抑或是第三杯格罗格酒的咖啡馆（他也说不清楚了），总共又喝了六杯利口酒。

为了度过一个安心的夜晚，他睡在了舞者皮卡迪利小姐的家中。她成名于 1855 年，也就是他建造火山前三十四年，这样的谨慎对他来说似乎并不过分，而且还给这个美洲人带来了不同于以往的快乐。当他将她抱在怀中时，他们两个难道不是构成了一个一百岁的存在？这加起来的年龄可以让瓜纳米鲁听到滑铁卢的炮声，进出维克多·雨果、革命领袖玻利瓦尔和圣马丁的家中，诱拐一个 1840 年穿着路易 - 菲利普时期的连衣裙、身形优美的女孩，在接近 1820 年的时候以低价买下将来之地南美洲的一半。

皮卡迪利小姐成了他日常的女伴。从此之后他再也没离开过她，即使是在剧院舞台那边，他也会像布景工一样待上一整晚。

八天、两个星期、三个星期过去了。未来再没显露任何生命的迹象（如果我们可以这样谈论一个幽灵的话）。瓜纳米鲁在舞者的陪伴下终于回到了家。衣柜里没有任何可疑的东西，一切都整整齐齐。空气中也没有任何信息。

这个男人再也不想独自待在自己的公寓里了。如果他不能拥有舞者自童年时期就消失的灵魂，他至少也需要这个女人的双腿和身体，现在她窄窄的额头后面只有一小块空白和一个暴露在风中的小十字架。

有一天，他终于试着自己单独待了五分钟，然后十分钟。慢慢地，他就这样待了半天。然后，他恳求舞者和别的男人在家里待一整晚，而他在自己的公寓里一直没睡。

那个夜晚平静得像一条平原河，不知不觉就过去了。

舞者没有再出现，火山也没有。

瓜纳米鲁感到一种强烈又原始的仁慈。对他而言，所有这一切都是为了表明这一点的借口。

如果他在布瓦碰巧踩到了行人的影子上，他会深表歉意，然后给女士们一份系着缎带的小礼物，给男士们一个钱包或一部日历，给孩子们一只岛上的木环，他在汽车里储备了很多这样的东西。

出于想要帮忙的愿望，有一天他跟一位散步者说："不好意思，先生，小心一点啊。您的鼻子有点歪。"

一天晚上，在维克多·雨果大街他的阳台上，瓜纳米鲁突然发现自己在给名人们一些谨慎的建议。不过由于电车的声音，人们听不太清楚，这让他感到很失望。

每天早上，人们都看到他来到塞纳河岸上，后面跟着一个仆人，手里提着满满一篮子毫无生气地靠在一层水田芥上的淡水鱼。还有一些小鳟鱼在无数拿着的一个广口瓶里面游着。泛着泪光的瓜纳米鲁把这一切都交给了渔夫。

有时会有渔夫说："先生，您没必要费这么大力气给我们带淡水鱼来，海鱼就可以了。"

第二天，瓜纳米鲁带着箬鳎鱼、绿青鳕、菱鲆、切成片的三文鱼、剩余的鸡肉和几个摸彩游戏道具就来了。

那个曾表达过自己想法的渔夫大声喊道："你忘了红酒，我的朋友。还好我都想到了。"

他喝醉了。

瓜纳米鲁后悔对这些忘恩负义的人表现出这么高尚的举动。他现在同意，善良只不过是他软弱的败坏之果。

只有邪恶才是美味又滋补的。一个人必须懂得伤害他的同胞。

作为准备性的练习，这个潘帕斯人靠在他那辆40马力汽车的门上，朝路灯旁边一个可怜的盲人吐了舌头。

受到这次成功的鼓动，第二天（星期三）他又花时间用鞋后跟敲碎了布洛涅森林湖上的冰面，让别人无法在接下来的周日到上面滑冰。

不过他很快就像厌倦那些善意一样厌倦了作恶，现在穿着一件不透气的雨衣十分冷漠地散着步，在时而下、时而停的毛毛雨中还稍稍弯着腰。他还能坐那天他朝盲人吐舌头时倚靠的那辆车吗？乘他曾爱上过一个虚幻女子的地铁？搭不会独自一人的公交车？抑或打陌生司机的出租车？

在乡间散步的时候，他把大自然当作一场老早之前就本该被关闭的毫无用处的植物展览。那些树木就是展览上局促不安的保安，它们身形过于高大，以至于无法被忽视；智力又过于愚钝，无法解释清楚；为人还过于自负，所以无法开口要小费。

在街上或在他自己国家的公使馆里，他不再像从前一样一眼就认得出那里的人。地标对他来说是必需的东西。

这位先生长着长长的、长满胡子的下巴，他没有在听他面前的谈话对象说话，而是这么想到，我们别忘了。一旦他看到这个样子的下巴，他就总是毫不犹豫地跟对方打招呼。如果他有时完全认出了一个朋友，那也只不过是他减退的记忆力获得虚幻力量后给他的恩赐和客套罢了。

至于其同胞佩雷斯·桑切斯，他家中那五个就连梦境都相似的姐妹，瓜纳米鲁至少需要其中三个站在面前才能认出一个来。

为了赶走孤独感，他有时会站定在衣橱镜子前，残暴地把自己弄得很难看。他先把浓密的胡须抬到眼睛的高度，那双眼睛在后面远远地发着光，就像森林深处的小提灯；然后朝各个方向揉擦他的眉毛，直到造成惊惶的效果；再把头发往后拢，露出那狂乱的秃头。把自己就这么弄毁容之后，他走进了客厅，突然以为自己是一个可怕的清洁女工，身上长着浓毛，还有一些奇怪的特征，而且从未花过一分钟的时间来护理一下那张溃乱的脸。

VIII

膨大及新的膨大

他决定买一条叫巴拉那的狗。

至少在它身上我会找到思想中的秩序。

这是只查理王小猎犬，大大的眼睛里包含着尚未被世界利用的温柔。它的左眼中寄存着瓜纳米鲁的忧郁，右眼中寄存着他对冒险的热爱。而由于这个美洲人在人生之路上比它走得更靠前，这条狗便失明了。每天把巴拉那带去拉马丁广场两次的正是瓜纳米鲁，它在那里有自己的长椅脚和各种小习惯。

他亲自用肥皂给它洗澡，用硼水给它清眼，然后细心地给它刷牙。在他远居别地的时候，他对这条狗的爱逐渐使他自己变成了一个小小的故乡。

瓜纳米鲁每天都越发敏感的影子轮回变成了各种侧影，像是一小片棕榈林、一头玩自己长鼻上涡纹的大象、一只长着精美羊角的羚羊、一条一半身体都悬在番石榴树枝上的蟒蛇。

为了让自己忘记不幸，他每天睡很长时间，几乎不花钱，甚至还减少思维活动，避免打喷嚏制造声音。在大街上，人们看到他只趿拉着橡胶鞋底、耳朵里塞着棉花经过。人们几乎听不到他的声音。他已经考虑要订普通舱——为了远离那些豪华的高音喇叭——回拉斯德利西亚斯了。

这种无忧无虑的生活使他开始发福。他打算将来都不再过度进食。

我只要吃淡绿色的蔬菜和眼前那营养不佳的鸡熬出来的

原汁鸡汤就够了。

下定决心后，这个男人朝他带镜子的衣橱走去，就像他有话要跟镜子交流时所做的那样。

他惊讶地发现他自己也长大了。

——长大?

可是一个人到了五十岁就不会再长大了。那就是他的身体讲给自己听的一个谎言，或是一段与《圣经》有关的记忆，一则在空中游荡了几个世纪之后试图复活的传奇。或许他只需要想想其他的事情，让摄影师介入其中使这怪诞的生长突然之间消失。他先是听到了自己国家军事游行的声音，从中反复感受到精神通畅的力量。当他准备再听一次的时候，他那已经超过唱片尺寸的双手使他如此恐惧，以至于为了忘记它们，他不得不去想他的双脚。他还站在熟悉的双脚上吗?他没法说明白，但是他清楚地看到一双巨大的鞋盖住了它们，而那双鞋和他某天在故乡的一家鞋店橱窗里看到的一双很相像，上面还挂着标牌："这双鞋免费送给穿此号鞋码的人。"

那么，胡安·费尔南德斯 - 瓜纳米鲁就这样去哪儿了呢?他难道没看到天花板的方向并没有什么可找到的合适的东西吗？而且当他到达那儿的时候，又将证明什么呢?

"耐心和谦卑。"巨人自言自语着，"谁知道这种突然的生长是不是由于我的不正派呢？我难道不是一直觉得比其他所有人都更为优越、更为高大吗？"

面对着这间绘有单彩画卧室的四堵墙，他开始感到难受，似乎这四堵墙在路易十六上断头台时那般的静默中发动了进攻。

在开着窗户的大客厅里，我会觉得更舒服。

他在进入这个房间的时候还有点困难，但是觉得更加自在了一点，尽管他还是不能坐下来，狭小又脆弱的家具似乎并不信任他，就像不相信一艘刚升起黄热病旗帜的船一样。

突然，这个草原来的人看到所有的扶手椅同时背对着他，发出了巨大的黑色笑声，而那笑声的回响让他一下子把快乐吞噬了下去。

我不是可以保持一整天不呼吸吗？为什么要像一个死人一样待在那儿数我的骨头？

在家里，瓜纳米鲁至少还有镜子可以用来监看自己的发胖情况，但在外面，他就不知道自己究竟胖大到什么程度了。

可惜啊，我觉得现在还不到仔细比较和分析的时候。

为了出去，他打开了朝向楼梯那道门的两扇门扉，然后像玩游戏一样三级三级地下了台阶。巴拉那跟在他后面，它时不时地蹭蹭主人的裤子，以确保他的身份并觉察出他的意图。

大道只被一轮模糊的冬阳照亮，阳光躲在他的衬棉皮衣后面，避免介入任何人间的事件。

宽阔的人行道使瓜纳米鲁感到安心，还有很大一块留给将来的余地和备用空间，他打算以后精打细算地使用。此外，他的身体还没有一盏煤气灯大。

还！此外！我为什么会想到这些词？像这样把希望寄托在一次厄运上不是很可笑吗？而且我还是第一个同时也是最后一个承受其后果的人。

啊！要是他能够刺穿将来就好了，看看“它肚子里究竟有些什么”。

我现在直直地望着前方楼栋夹层的高度，朝星形广场的方向走去。

已经到达了凯旋门前方，可是他不想在这下面冒险了。香榭丽舍大街吸引了他。路过一面镜子的时候，他在那里面看到他整个人的大约四分之一（也可能是五分之一），但那个片断的身影如此强力地充塞整面镜子，以至于整面镜子被填满之后就爆裂成了碎片。不管他在路上碰到的是橱窗玻璃还是车窗玻璃，甚至是手表上镶嵌的玻璃，情况都是现在这样。

他继续散步。

我承认，要是为了消遣，在这个阳台上采几株植物对我来说还是很容易的。不过我不会考虑这个既无用又不正当的想法。这些脆弱的植物能为我做什么呢？

幸亏我穿了一件新大衣、戴着我的黑帽子，因为我还得上台表演，这是更重要的事。

在贝里街的拐角处，瓜纳米鲁的头已经占据身体五分之一的高度，他害怕自己根本不需要踮起脚尖就能看清楚发生在女佣房间里的事。瓜纳米鲁开始患上一种伴有严重星状针刺感觉的塞莱斯托恐惧症[1]，这种恐惧症透过帽子强烈刺激着他的头皮。

他的双脚现在离他的头如此遥远，以至于它们之间的思维交流要延迟很久才能完成，而且他行走的时候总是头向前倾，把两者之间任何可能发生的事件分裂开来。

不过，让我感到安心的是，我身体上任何部位都不会痛苦，我的食欲由于我肥胖的身材而受到严格的控制，而且巴拉那也保持了原先的身材。我身体的不同部分似乎依照着一个整体计划在发展，而且我觉得这个计划也完全合理。我对我的新腿肚、现在的大腿感到非常满意。这些改变进展得很顺利。我会十分愉快地看女人了。我的衣服与我同时变大，还会即时适应我的新体型，这难道不也是一个令人满意的理由？

甚至连他的丝绸手帕都跟着拉长了，现在这是一块价值几千法郎的上等织布。他用此做了一笔买卖，他一生中最好的一笔。他的名字缩写还留在原来的地方，他还能要求什么呢？

因此，他不得不打交道的就是塞巴斯蒂安和露西亚的儿子——胡安·费尔南德斯-瓜纳米鲁。他想起了自己的童年、青年和爱人们。

他一直希望与自己国家的公使馆联系，以寻求帮助或建

1 原文作“célestophobie”，此病症名系作者杜撰。

议。同胞之间能更好地相互理解。部长略微沙哑的声音，或者一等秘书甚至三等秘书的声音，对他而言都是多么悦耳啊！

不过瓜纳米鲁也不难意识到，尽管他拥有一座五层楼的现代建筑，但他却没有电话。

为了吸引某个地方的值班医生、市政医生或至少是社区医生的注意，他不时用左轮手枪朝着空中射击。

事实上，呼救是毫无用处的。人们在整条大街上都看得到他。从来没有哪个权贵吸引过这么多人到阳台上、树林中、天沟间来，那些看热闹的人都凑了过来，以便更好地注视瓜纳米鲁的变化。

在香榭丽舍大街的圆形广场上，他突然发现自己几乎比一棵法国梧桐还要高了。

这是一棵大约两层楼高的巴黎森林里的树，而他已经长到两层半甚或快三层楼的高度了。

感到高兴的他忍不住对着一份健康报告高声呼喊起来，人们在整个巴黎都能听到他洪亮有力的声音："身体总体良好，心脏和腿部良好，脉搏不明。我觉得自己在朝着原先的体型迈进了。"

当他用手背轻拂一棵栗子树的顶部时，就像进入了一部顺畅的下降电梯，他又变成了他一直熟知的那个费尔南德斯-瓜纳米鲁，虽然有着七十六图瓦斯[1]的身高。

1 法国旧制长度单位，一图瓦斯约合两米。

人群依然还在半空中寻找他，而他却迷路了。巴拉那巧妙地假装没有注意到任何东西。不过它的额头中间长出了第三只眼睛，这让它无须抬起头就可以准确地看到主人的位置。

这时瓜纳米鲁没有再戴着他之前戴的那顶帽子了。（他清楚地记得出门的时候戴着一顶*阔边毡帽*[1]，就是他还让仆人在自己面前刷过的那顶。）他现在戴的是一顶破旧草帽，五年前这位*农场主*就把它给了自己库鲁帕蒂塔农场里的一个老高乔人。他凭着那些红色、黄色、红色、黄色、红色、黄色……饰带（总共十条）的水平条纹和拉斯德利西亚斯制帽人的名字认出了它。

我的毡帽变成什么了？我怎么丝毫瞧不见它了？

在他看来，这种替代是最糟糕的预兆，它酝酿着一个和隆冬一样不合理的将来。

在无序生长的过程中，伴随着突如其来的克制和沮丧，他的身体现在正沦为真正的骨质性与细胞性恐慌的猎物，而他的衣服也很难跟上其节奏，有时甚至不按节拍来。这种情况如此严重，以至于他身体的某些部分，而且还不是少数，已经完全赤裸裸，而其他的部分则被一堆发出窸窣声的衣服覆盖，这些衣服都拖到了地上，他控制不住地踩在上面。

他的情况每时每刻都在恶化，我们不得不将其视为非现

1　原文为西班牙语。

实的，因为在瓜纳米鲁不断的变化之中，他的现实性与其分离开来，跟在他后面几步远，看不出来，但走得气喘吁吁。他的身体在关节处发出吱吱嘎嘎的声响，向大道上的建筑投射出狂热图形的阴影，而瓜纳米鲁无法将视线从那上面移开。

如果是一个巴黎人处于我这样的境况，他会做什么呢？这些人更加敏锐，而我们还不懂得旅行，所有的一切都让我们迷失方向。赶快啊，让散落在这个庞然身躯里的每一处勇气都涌入我的心中吧。

但是袖口和右手之间恼人的文件的到来，向瓜纳米鲁表明他的不幸还没有结束。作为一个非自愿但是又不屈不挠的魔术师，他开始制作数百万张传单，这些传单铺满了整条大街，甚至十字路口。

传单的标题是“一位潘帕斯草原来的先生”。

瓜纳米鲁在那上面讲述了他的整个故事，并且请求路人不要怨恨他，如果他让自己这样出丑的话。

“我根本不是什么暴露狂，我只想要靠每个月从美洲收得的租金为生，路人先生们。我从来没打算过要阻塞交通。我不是什么冒险者，而是法国的一位持有合法证件的朋友，亲爱的警官先生。虽然我没有什么可自责的，但我准备在我各个农场里收留一百个需要帮助的法国儿童，使他们成为光荣的高乔人，共和国总统先生。他们在我的农场里什么东西都不会缺，我有上好的牛奶，以及一家乡村药房，医生先生们。

“附言：请勿注意这顶草帽。我与它没有任何关系。这是命运强加给我的。”

传单发完之后，取而代之的是一张巨幅海报，就像那些身体前后挂着广告牌的人在四处走动，而且刚刚把海报框靠在陌生人的背上。海报上完整再现了关于传单的评论。瓜纳米鲁庄重地拿着它，尽可能地把头抬得像军姿那样高。

从他左眼伸出的一支发光笔开始把这个美洲人的想法投射到云上。他说道：“你们都这样看着我是怎么回事？我以前并非如此巨大。”

其他的一些思考也陆续印在了天空中：

“可怜走在香榭丽舍大街上的拉丁美洲兄弟。”

“我没有什么需要报关。”

“谁会来亲自帮我搬运行李呢？”

“我为什么要害怕死亡？只需要放手，放手就好了。死亡会解决一切。”

“把我接回国的人会得到价值一百万皮阿斯特的金子。”

而且上面还会有签名：“胡安·费尔南德斯-瓜纳米鲁”。

为什么需要签名呢？为什么要把我不幸的证明就这样投射在空中？我会成为全世界的笑柄。今晚，就连瓜拉尼人都会知道我的不满。冷静一点！我求你了！

然后他在天空中就看到：“冷静一点！我求你了！”

接着：“那些死了的人多幸福啊。在飞升之时，灵魂喜欢放松。走路时死去太令人讨厌了。他们歪歪斜斜，死得很惨。”

有时，他觉得自己将要被头部的重量压垮，或者只保留了半透明的记忆，就像从醉酒的刽子手底下逃脱出来的被砍下的头颅。

人们渐渐地开始看到瓜纳米鲁的脑、肺或心、胃、肝或肾，就像在解剖板上或者药品广告中看到的那样。他那被火山气体环绕的惨白骨架完整地显现出来。在**永恒**的保证和支持下，他带着一股傲慢的贵族之气前进。

在最终涌回的肉体浪潮中，瓜纳米鲁恢复了勇气，深深地呼吸，他感到一种可疑的幸福：大地和星星都属于他，供他大肆地挥霍。

他的想法开始按照他大脑的大小成比例地扩大。他夸张的美德变成了坏事。这些被推到极致的坏事有时会越过自己的边界，好在美德的范围内进行破坏和抢夺。特别的想法变得普通。沉睡多年且毫无苏醒希望的某些观念突然又恢复了平凡但剧烈的生命。其他的那些则起身快速跑步，然后气喘吁吁地停下来——如果可以这么说的话——在一趟精神旅程结束的时候，在一条有点类似于 110 米障碍跑的赛道上。

不知哪里来的强烈的贞洁感，现在让瓜纳米鲁觉得露出自己裸露的脸都很羞耻，他迅速卷起衬衫的下摆完全遮住了它。

他不仅想起了他的童年，还想起了他的父亲甚至他以前从不认识的曾祖父母的童年。他感到了记忆的折磨，无限地陷入其中，又无法触碰到底。

他的理智突然回到身上，如一阵狂风般使他从头到脚振作起来。而与理智交替出现的，是好几次突然之间显露的古老的疯狂，通过人类所有痛苦的惊呼表现出来。“pheu”（希腊语）、“opopoi”（希腊语）、“heu”（拉丁语）、“ay de mi”、“alas”、“hélas”、“ha”、“ho”[1]，还有中文的、黑人语言的、瓜拉尼语的哀叹，从岁月和人类语言的深处涌到他炽热的双唇上来。

他在自己身体里听到千千万万只原始鸟类的叫声。陌生的迁徙穿过他的身体，他就像一只着火的鸟笼，阻止它们飞出去。突然，他的背心里逃出一只闻起来有焦煳味的黑白相间的凤头距翅麦鸡，它随后停在香榭丽舍大街的一棵梧桐树上。其他滚烫的鸟类也冲了上来：大秃鹫、隼、巨嘴鸟、美洲鹦鹉和裸鼻雀。它们从他的肩膀、手、脑袋、嘴巴、眼睛甚至他的鞋子里冒出来。然后就轮到一群受惊的母牛，还有一群阴囊松垂的公牛，它们从瓜纳米鲁身上跳下来，朝皇家路狂奔而去。他那些骑在潘帕斯马匹上的私生子与愤怒的市政警卫混在一起，将来自异国的牲畜赶到里沃利街的那一侧。女人们在马路中间感到恶心，两个小女孩趴在人行道上朝下水道里呕吐。一个无力恢复秩序的警察枪击心脏自尽。

在穿过协和广场的时候，瓜纳米鲁确保没有任何一辆汽车威胁到自己，小心翼翼地避开一位老人拖着的手拉车，不

1 这些来自不同语言的单词或短语均表哀叹。

知道该如何停下来，把他拥有的一个套索扔到了方尖碑上。埃及石很快就变成了十月的树商陆，而且开始开花。一片混杂着树枝和巨大树根的明亮天空出现了。不过，当他刚刚膨胀到云层停止前进的时候，瓜纳米鲁就在一声巨响中因狂妄的爆发死亡了，周围是一片火山灰、火山硫和恐怖的熔岩，而那时从附近一间小屋里出来的无数不出所料地来见他，嘴唇上带着最后的微笑，手里忠诚地捧着马黛茶。

长长的烟火从这个外国人的头顶喷射而出：绿色的，是那些普通的想法；红色的，是那些欲望；黄色的，是那些悔恨；橙色的，是那些习惯（好习惯和坏习惯）。所有这些烟花在巴黎的天空中和谐无比。离爆炸地点很远的地方发现了一些法棍。在赞比西河岸边某村庄一个年迈的土著家中，人们还发现了瓜纳米鲁经常换人行道的习惯的踪迹，然而那个村庄中根本就没有人行道，以前也不可能有。

在成千上万人家中，人们发现了他对高档雪茄的热衷，对年轻漂亮的女性的爱慕，以及对干净桌布、半熟烤牛肉、饭后摇椅的喜好。

离婆罗洲不远的太平洋上航行着一艘挪威三桅帆船，船长在低空位置，也就是船帆上方，看到了一双激动挥舞着的手。

那便是瓜纳米鲁的手，在反方向绕地球的一次旅行之后，它们重新出现了。无法幸免于喷发，它们也很快完美地合并在了一起，沉入了亲切的大西洋深处。

偷孩子的人

张可馨　译

肖慧宁　校

第一部分

I

安托万七岁，也可能是八岁。他走出一家大商店，穿着一身新衣服，像是要迎接新生活。这时候他还只是个牵着保姆的手走在奥斯曼大道上的孩子。

他个子不高，眼前只能看到匆忙往来的腿和裙子。车道上，成百上千的车轮不是骨碌碌转着，就是停在某个像石头一样不近人情的警察脚边。

穿过勒阿弗尔街之前，安托万注意到，一个书报亭里贴了只足球运动员的大脚，那只脚正把球踢向不知在哪里的“球门”。他全神贯注地看着这张画页，忽然感觉有人猛地把他和保姆分开了。这只戴着黑金相间的戒指的大手，怎样擦过了他的耳朵？

这个孩子在人潮里被推来推去。一条紫色的裙子，一条带条纹的裤子，一袭长袍，挖土工脏兮兮的双腿，地上被几千只脚踩得稀碎的泥巴，除了这些，他什么也看不到。跟保姆走散后，他感觉自己脸红了。是在为不得不承认他在人群中的软弱无力生气，还是平时被压抑的自尊跳到了脸上？他抬起头。一张张或冷漠或悲苦的面孔。他零星听到前面一些人说了什么，而紧随其后的路人又说着与之毫不相关的话，也许这就是人们会在街头心生伤感的原因吧。在嘈杂声中，安托万似乎听到了保姆的悲声呼唤："安托万！"这声音听起来像是被看不见的荆棘割碎了似的。它似乎是从身后传来的。安托万转身往回走，但没有搭腔。街上始终闹哄哄的，这嘈杂徒劳地想从成千上万不同的呼吸声中寻求统一。安托万觉得特别丢人，他不想让路人发现他跟保姆走散了。他肯定能自己找到保姆。此刻，他走在普罗旺斯街边，手心还留着被保姆亲切而粗糙的大手紧紧攥住的感觉，那粗糙仿佛就是专门为攥住孩童纤细的手指而生的。

他一个人已经被羞愧和焦虑折磨至少五分钟了，可他说不出口。夜晚降临了，巴黎在安托万面前变得密不透风。他右手边有一座气动钟，要是能够辨认钟上的时间，他就不会感觉这么孤单。那带着两根指针的白色钟盘执拗地摆出一副看不懂的样子，继续遵循着在他眼里还很陌生的概念。他开始意识到没人会关心他的遭遇。他平静地等着，指望在某一刻能有一位先生，一位太太，或者某个挖土工，某个邮递员，某个警察，或者类似的随便什么人，说不定路过这里的个别汽车、轮胎或马匹也会停在他面前问一问："你一个人穿着新衣服在街上做什么呢？"

可是没有。路人们不闻不问地从他面前经过，甚至让他觉得干脆把他们的眼睛都挖掉算了。

安托万转过身，发现他身后站着一位高大的先生。那人一副严肃而温和的模样，极其友善地看着他。安托万一点都不觉得意外。他敢肯定，这一阵子他发现此人两三次了，每次这家伙都贪婪地悄悄盯着他，仿佛这个陌生人正要完成某个重要行动，把他自己和这个孩子的生命以一种莫名的方式联结在一起。

此时，一盏明亮的弧光灯映照出男人的全貌。我们能看到他留着纤细、浓黑且下垂的小胡子，还能看到其他的一些东西，比如大家庭家长一般来回扫视的目光。

这一切在安托万内心深处是怎么一回事呢？

这是关于他保姆预谋离开他并趁机逃走的记忆。在安托万眼中，他已被一次看起来无法逃避的冒险选中，并为它所吸引。所以，当留着小胡子的男人俯下身来跟他说话的时候，他一点也不惊奇。

“安托万·沙尔纳莱，我的孩子，”陌生人说道，声音充满了感情，“你找不到你的保姆了吗？别怕，我早就是你的朋友了，你会发现你其实是认识我的。”

这位高个子先生有轻微的口音。

“你想到我车上来吗？”

面前是一辆豪华轿车，它崭新得就像仍然摆在香榭丽舍大街的商店橱窗里一样。

“在找到保姆之前，你想到我家里去等她吗？”说完，男人便看着安托万，眼中流露出无比动人的自然与单纯，以至于安托万对自己接下来二话不说就跳上汽车的行为丝毫不感到意外。那男人对他的司机——一个毕恭毕敬的黑人——说了几句外语。

一坐进车里，安托万就想到一段时间以来，有个陌生人总会定期给他寄玩具。那些玩具极其精美，而他们的寄件人却没有留下任何蛛丝马迹。

有件玩具是只大盒子。盒子里面有座南美农场，还有群在乡间漫步的母牛。母牛们呼吸着异乡的空气，似乎一不小心才来到了巴黎。而那些桉树，如果您把它们立在地毯上，它们的枝条就会向四周延伸开去。

高乔人在假想的沙漠上一边骑马驰骋，一边抛出套索。一匹马的蹄子被绊住，摔倒在地。

另一只盒子里是座咖啡种植园。我们可以看到，嘴里叼着烟斗的殖民者在炎炎烈日下走过，他们眼睛里映出原始森林的影子。有几个人停了下来，似乎忘记了什么东西。就在这个时候，一条狗跑向他们，嘴里还叼着一个包裹。

现在让我们靠近咖啡树。它们笔直地排列着，一直延伸到看不见的远方。怎样才能走进咖啡种植园深处呢？像殖民者那样做就行了。

还有一盒雪茄。在一个圆环商标上，您可以读到“里约”两个字。只要拿一根火柴靠近它的顶端，您面前就会出现壮丽的海湾、带锚的船只、四周的山脉和城市上方无与伦比的天空。

在那之前，安托万只收到过保姆简陋的礼物，这些大礼的到来令他大为震撼。

在他家中，大家背着他七嘴八舌地抛出各种假设。是谁把它们寄来的?

正当他想着那些还没人碰过的雪茄时，安托万在他邻座的手指上认出了那枚黑金相间的戒指，而那个似乎曾把他和罗丝分开的男人也戴着这枚戒指。他会冲车门外喊出声吗?

“还是继续，继续，一直直走。”

坐在这个陌生人的旁边，安托万感觉自己正待在一个安宁的地方，他甚至一点都不害怕。可是，这位先生为什么要把他从罗丝手中夺走呢?

安托万依然很信任他。这位先生很好闻。（那是种因洁净而散发的淡淡气味，混合着古龙水的香气。）而且他看起来很高贵、很高贵，浑身都散发着高贵的光彩，仿佛降临大地的夜晚一般。安托万感到他正在黑暗中朝着一条界线走去，跨过这条线，一切便会明朗起来。

“你在这里感觉还不错吧，我的孩子？我想要你幸福。”男人说道。他又慌乱，又有些难为情，仿佛刚刚揭开了一个秘密。

安托万摸摸上衣的扣子，接着又把手放进新衣服粗糙的口袋。

车子在拉博德广场的一幢大楼前停了下来。里面有一部电梯，就像安托万家一样。陌生人小心地把安托万让进电梯，还在电梯升到两层楼中间的时候问他感觉如何。安托万回答说他很好，这时电梯升到了四层。在经过一层半楼的思考过后，陌生人补充道："在我家你不会无聊的，家里还有其他孩子，他们正在等你。"

在一阵电梯的响动中，几个孩子打开门，出来迎接菲雷蒙·比加上校。这些个子参差不齐的孩子没有一点不幸的样子。最大的孩子手里拿着一个足球。所有人都万分好奇地看着这名新成员，像是有好多事情要告诉他。安托万的记忆飞速运转。他似乎在脑海中听到了回忆的声音。遗忘四处消散，仿佛永远不会再回来了。

"这是你们新来的小伙伴。"陌生人说道。

一只十五岁孩子的手伸向安托万，另外两只小一些的手也伸了过来。

II

菲雷蒙·比加上校极其简短地将安托万介绍给他的妻子。

“这就是小沙尔纳莱。”

德斯波索丽娅胖乎乎的，很漂亮，一双亮晶晶的眼睛总是转向丈夫。两人郑重地交换了一下眼神，毫不掩饰他们的满意之情。

在安托万的新伙伴面前，一个保姆帮他洗了脸和手，那些孩子也不走开，热情地打量着安托万。他们早就明白了他从哪里来，以及他为什么感到不安。

然而，上校和他的妻子却一边窃窃私语，一边走到了一个安托万还不知道的房间。安托万洗漱完了。一个新伙伴捏了一把他的胳膊，另一个穿着红拖鞋，用鞋尖好好踢了他一脚。很快，大家开饭了。能在对面看到跟他差不多高、差不多年龄的孩子的一双双眼睛，安托万觉得棒极了。他只在保姆的陪伴下用过餐。他的保姆很温柔，却往往只是一个侧影，他看她就像在水晶球里，连同她那跟花一样的名字——罗丝[1]。在同一个水晶球里，他先是看到——不过是从背面——母亲戴着一顶帽子，一边插上门闩，一边头也不回地对他说再见。

1　原文作“Rose”，有“玫瑰”之意。

接着是一些人的短暂出现：他们是母亲的朋友，其中有一位年纪比较大的女士，一位年轻的太太，一位脸修得很干净且面色红润的年轻男士，这位男士有着天使般的礼节，而至于他有没有胡子，安托万也说不清。还有就是，一个月以来，每过一星期就会从陌生人那里寄来的玩具。

在上校家里，安托万觉得每一件东西都让人惊奇。干净的新桌布、新玻璃杯和新目光闪闪发亮。菜肴很美，在柔和的光线下，餐具也很美。这一刻很重要，巨大的桌子，围绕在四周的活泼脑袋，安托万注视着一勺勺饭菜送入那些嘴唇之间又彻底消失。在桌子上，面包，甚至是面包屑，都让他感到惊异，还有那盛在大玻璃杯里的水，于他也仿佛魔药一般。

他坐在上校右边。上校帮他把肉切开，向他解释这是什么，此外，上校还解释了果汁、黄油、面包和一切摆在那里却不需要解释的东西。上校不动声色地赞美着安托万，既顾不上喝酒，也几乎不吃东西，他把最美味的菜肴盛给安托万，在面包片上抹黄油，自己倒没有吃甜点。饭后，他用三倍大的杯子喝着不加糖的咖啡，定定地看着安托万。那是什么咖啡？

比加把安托万领到客厅，打手势让妻子离开这里，接着他们短暂地休息了一会儿（他的心看起来正被一种极大的不安紧紧压迫着，几乎要在胸中失去血色）。

“如果你愿意，安托万，我可以马上送你回家。”

安托万什么也没说，他觉得这个问题不关他的事，这是大人们的事情。

“你更喜欢待在我们这里吗？”

安托万用再一次的沉默强调了刚才的沉默。

“好吧，那就玩去吧，不过一旦你有回家的想法，你就跟我说，我会马上把你送回去。”

安托万到游戏房加入了伙伴们。孩子们把他推到房间最里面。

“他从哪儿把你偷来的？”大家问他。

安托万用世界上最简单的话回答道：“在老佛爷商店前面。”

“我们这些人都是偷来的。”

偷这个字让安托万想发火，可其他孩子说这个字的时候却只带着一丝敬意，就像在贵族家里说贵族，或者在某位院士家中说我的学院同仁一样。

“我，”弗雷德说，“是从伦敦被偷来的，在一个大雾天。”

“我也是。”他的兄弟说，“当时我们手拉着手。”

安托万这时才发现他们是双胞胎，都带着一点英国口音。

“我是在我的床上。”最大的孩子开口道。

“别待在那里什么也不干。”德斯波索丽娅一边走进房间，一边命令道，“跑一跑，玩一玩，接着你们就要上床睡觉了。”

“好的，妈妈。”三个声音响起，带着某种奇怪的没说实话的语气。

孩子们开始在德斯波索丽娅面前乱跑起来，安托万便无从得知伙伴们的其他情况了。

安托万在上校和他妻子的照料下躺下了——今晚他们不想把他交给保姆负责。上校从口袋中取出一卷软尺，仔细给他量了尺寸，然后口授给德斯波索丽娅。

上校略带担忧地轻轻按压着安托万的身体，像是要确保没有什么疝气、可疑的肿块来找麻烦似的。他轻轻翻开安托万的一只眼皮，里面十分红润，让他看起来很有活力。上校向妻子示意了一下，含着一丝不易察觉的满足。安托万躺下了，两颗十分古怪的脑袋俯视着他的床，上校向他伸出手，德斯波索丽娅温柔地亲吻了他，并用一种他听不懂的语言向他柔和地诉说着什么。

上校向门外走去，他妻子好奇地跟在后面，但他用手势阻止了她，神秘兮兮地说道：“不，亲爱的，今晚你什么都别打听，我要一个人待着。”他接着说：“别生我的气。”他边说边亲吻了一下妻子的前额，仿佛把她当成了大女儿。

德斯波索丽娅退了回去，她光洁美丽的脸庞显得很平静。

上校单独去了一间卧室。他需要伸展一下他的长腿和长胳膊，再整理一下那些躁动不安的想法。

他深陷在扶手椅中，开始思索：这孩子被遗弃在一间温暖的公寓里，这间公寓装饰着镜子……

在安托万看来，新出现在他生命中的这些人和他之间隔着一条长长的隧道。他在新床单上入睡了，可他的灵魂还不愿就寝。它在床的边缘徘徊。一个小时后，它把他唤醒了，它害怕孤单。然而安托万却不知是什么赶走了他的困意，也不知他现在到底身处何处。他伸长胳膊，以为找到了家里的墙，摸到了房间墙纸的纹路，接着便差点从床上掉下来。他面前是空的。这时他清楚地听到了自己灵魂的声音：你在街上怎么会同意跟这个男人走？房子里住的人你今天早晨都还不认识，你在这里做什么？你觉得自己做得对吗，安托万·沙尔纳莱？

安托万看见他母亲走进了房间。她打量着他，仿佛从未这样做过，眼中满是急切的关怀，就跟人们盯着事故受害者与他们鲜血直流的面孔时一模一样。她坐在床边，一双眼睛沉醉地望向他。她沉默着，好像完全不会说话似的。她双眼的蓝色如此幽深，甚至让人无法想象它们属于某个活物，那样的色彩似乎只有十足的死人才能呈现出来。为了让自己的面容尽可能柔和一些，她看着孩子，连眼睛都不敢大睁。她是第一次做母亲，可那灵巧细致的双手却让她一点都不乏母亲的样子。她裹着一件迷人的灰色和式睡衣，衣服上一颗流星不时地泛着光。

她双手交叉放在膝上，那情景就如同在一间病房里，人们已无可交谈，只是默默将这长夜继续守下去。

在这个陌生的地方看到儿子，安托万的母亲没有一点惊讶的样子。她让自己的面庞、双手、多愁善感的双颊、长裙和漂亮凉鞋上的绳结来诉说、解释这一切。她的睡衣朴素得出奇，可帽子却配着装饰，那是一张深色的面纱，一直垂到肩膀上。忽然，她站起身，把一直没拿出来的篮子打开，取出几样东西把玩起来。那些物件闪闪发亮，却看不出有何用途。她皱着眉头摆弄了许久，认真得像是要靠这个讨生活。过了一会儿，她扭过头来，脸上亮亮的，挂着六颗晶莹的泪珠。在安托万自己眼中，母亲的魅力似乎在无形之中焕发新生了，如同瀑布水声落在密林的喧闹之上。那么，她找安托万做什么呢?

安托万没有勇气开口。心中的许多话涌上来，又生生咽了回去。

眼前的景象消失了。

安托万面前只剩下夜晚的空气，那是从拉博德广场吹来的风，困在这房间中。从打开的窗户望去，他可以看到这个街区的星星。安托万的心咚咚直跳，他想要穿好衣服到母亲那里去，看看她是不是真如刚才看上去那样思念着他。

过了几秒，这个孩子又想象他母亲和罗丝在家门口等他，一个站在街边张望，另一个伤心哭泣，路上每经过一辆出租车，两人的目光便久久追随，直到再也看不清车牌号码，看不清车尾的灯光。

他归心似箭，穿起衣服来竟如此迅速！他从心底里觉得那高大的上校在他安托万·沙尔纳莱的生命中不过是一个过客。鞋子费了好大劲才穿上，袜子也在脚后跟那里皱成一团。可是鞋带又该怎么系？正在不知所措的时候，安托万眼前又冒出了上校的脸。在街上上校为什么偏偏选中了他？这个不速之客打算做什么？

安托万小心地系好外衣扣子，里面的衣服却穿得乱七八糟。他的帽子去哪了？喔，在那边的挂钩上。帽子挂得太高了。要推来一把椅子爬上去拿吗？可他怕弄出响声，再说他也不需要帽子。他直奔房门，接下来还得从保姆门前经过。那个英国女人在半梦半醒间轻轻咕哝了两声，此时他已经来到了门廊这里。黑暗中，安托万感觉他似乎踩到了鞋带。

在楼梯处，他一级一级地坐在台阶上，让自己在黑暗中一点点滑下去。一种愉悦的感觉在他心头怦怦乱跳。七岁的安托万，手里还拎着自己的裤子，现在站在了朝向广场的那扇大玻璃门前。门上嵌着黑色的框条，跟安托万母亲那里也差不多。安托万已经瞧见了街上昏黄的光线，毋庸置疑，那就是路灯的灯光。

“芝麻开门！”

他走出门。现在该回家了。他含糊地把想法告诉双腿，顺便拜托它们保守秘密。蒙梭公园该怎么走？他向一个拄着拐杖小心翼翼探路的男人问路。

“你问错人了，小孩，我是瞎子。”

他又问了一个卖报纸的，那商人给他指了路。他全力奔跑起来，好像眼前只剩下了一百米。然而，他几乎立刻就发现这段距离都快够他跑到老了。一路上安托万似乎听到了周围房屋的窃窃私语。它们看到有孩子这个点还在街上自己乱跑，便纷纷议论起这桩怪事。

终于到了家门口。一幢五层公寓立在他面前。四楼没有透出一点灯光。母亲已经睡了吗？安托万在阳台和楼下都没找见她，觉得很奇怪。罗丝也不在。在这样一个夜晚，她们都把他忘了！大门阴郁地沉默着，没有一点线索能告诉他这里发生了什么。它像陌生人一样审视着安托万，仿佛他早已彻头彻尾地变了模样。

这个孩子低头看着地，像是要从地上找找主意。突然，他在步行道上发现了自己的乌龟，他一直养着的小乌龟。死了吗？他把它放在臂弯里，发现它还活着，它的小脑袋和爪子还在乱动。他给它做的窝在阳台上，它是从那里掉下来的吗？会不会是为了找他？它完全没有受伤。

安托万站在那儿，手里托着小乌龟。他要把它拿给新伙伴们看。安托万边想边动身折回拉博德广场，开始只是小步走，后来便越来越快。途中他只看得见街道上的树木，在城市里，它们甚至成了人们妥协的标志和界碑。

一阵强烈的睡意在安托万全身无声地滚动，在这困倦中，安托万思索着如何才能在没有钥匙的情况下回到那绑匪家。他按下定时灯开关，终于又从方才走过的楼梯爬了上去。他决定先背靠着门坐在楼梯平台上，等待更有利的时机到来。然而，在楼梯灯熄灭的一瞬间，他身后的门微微打开了。

不，在门后的，不是上校高大的身躯，也不是他妻子，没有任何人在那里。他无意中留了一手，那扇门一直都是虚掩的。

现在安托万和他的睡意都在小偷家了。他俩经过保姆门前，听到她在被单下含混地嘟囔着："你得改一改作息时间，孩子。像这样半夜起床是不正常的。"

"噢，绝无仅有。"安托万回答道。这是他平生第一次用这个词。

说完，他裹紧外套下的小乌龟，就像藏起了世界上全部的绝无仅有。

III

隔壁房间的上校却睡不着。不过他胡思乱想着，倒也听不到外面的声音。

他眼前浮现出那天在伦敦动物园闲逛的情景。他很喜欢那些大猫和大象，觉得他们都是披着粗硬皮毛的孩子。

那个冬日，一块映入眼帘的告示牌竟反常地使他陷入沉思：

走失的孩子应至

钟楼附近

鸟笼路东侧的

女性候车室

领回。[1]

居然有人孩子多到能把他们丢了，还有个找到孩子再还回去的机构！

突然，他在雾中看见一对穷夫妻走向长椅。他们四处张望，一人牵着一个孩子。两个孩子约莫四岁，像是双胞胎。夫妇

1　原文为英语。

二人衣衫褴褛，可他们的孩子却打扮得十分夸张，透着一丝可悲的优雅。

两人让孩子们坐在长椅上，当母亲的从一个口袋里掏出两块包着铝箔纸的夹心巧克力，口袋应该就在她的裙子下边，那裙子的颜色就像荒弃的土地。她把巧克力分给孩子们一人一块，一举一动都郑重而深情，仿佛这些巧克力就是他们一辈子的口粮。

“吃吧，别出声。”[1]

说完，这对父母便在大雾中迅速逃离了此地。

比加在四周徘徊了很久，觉得自己似乎该把两个孩子负担起来。那对苦命人把小家伙们丢在长椅上的时候只有他在场。但他们真的不要孩子了吗？

他又想起了那块牌子：

走失的孩子应……

把孩子还给那两个家伙？这也太残忍了。再说，谁能找到他们？谁知道他们有没有跳进泰晤士河？

比加在长椅旁边转来转去。雾气愈来愈浓，其中一个小孩睡着了。上校不再犹豫，带着孩子们向出口走去，留下钟

1　原文为英语。

楼矗立在左边。他的高级皮衣和非凡风度将白雾向两侧轻轻分开。在酒店，他发现孩子们口袋里各有一张纸，上面都写着：“请照顾好我们。我们是一对四岁的孤儿双胞胎，出生在斯塔福德郡。”[1]

“我名叫弗雷德。”[2]一张纸写道。

“我名叫杰克。”[3]另一张纸写道。

当晚比加就带着妻子和两个孩子回到了巴黎。

上校又想到约瑟夫。我们刚才在大厅里见过他，就是那个最高的十五岁的男孩，手里抱着一只足球。他是从巴黎被偷来的……不过现在还不是说他的时候。

“第四个！”上校张了张鼻孔，“一看到这条光胳膊（他正在脱衣服），我就不得不意识到它属于一个偷孩子的人！”

一只放大镜搁在办公桌上。

“要是拿放大镜仔细看这条胳膊，好家伙，是偷孩子的人的皮肤和毛发。还有这变大了无数倍的小偷的鼻子。”他一边说，一边走近挂在壁炉上方的镜子，“晚安，现在去睡觉吧。不过，我得确认一下新来的孩子没什么需要的，但愿

1 原文为英语。

2 原文为英语。

3 原文为英语。

他能放松放松吧！”

他打开隔壁房间的灯。安托万刚回来，假装睡得正香，浅浅的呼吸让被单微微起伏。他光脚踩着厚厚的地毯，气喘吁吁地站在那里。在这离故乡七千海里的地方，眼前的一切已经足够让这个男人放下心来。

安托万跑回来的时候把衣服东一件西一件地扔在了家具上。回房间之前，上校不自觉地一一叠好了这些衣服。菲雷蒙·比加没有对这里乱糟糟的样子大惊小怪，他还在想别的事。可他没有看到，安托万的鞋子上覆满了新鲜的泥土，大衣也几乎从头到尾都溅上了泥。

第二天，比加踱步到客厅，发现地毯上有什么东西。一只小乌龟？没人能说清它为什么在那里。乌龟呀，你们怎么会跑到人类家里来呢？

安托万坚持要上校把小乌龟给他，最后如愿以偿。

上校琢磨了好长时间这只龟类爬行动物的来头，觉得它的到来伴随着一些不寻常的东西，那其中的秘密非但不该揭露无遗，反而有待悉心维护。他蹑手蹑脚地接近这只小动物，把它捉在手里，凑到近前翻来覆去地观察它的爪子、小脑袋和粗糙的龟壳。这样的事每天都会发生几次。他本想把小乌龟安置在阳台，无奈安托万苦苦哀求，于是只好把它放在安托万的房间里。

晚上，安托万把乌龟放在床上。他无法入睡，他听到隔壁房间传来了比加的脚步声，那冷峻有力的异乡人曾在街上向自己走来，那人双耳直竖，只为将自己绑架回府。这时，比加咳嗽起来，不是因为感冒，而是为了真正用嗓子和后咽再告诉安托万一遍，自己总会在他身旁。

安托万好不容易才睡着，但很快又在噩梦的缠扰下醒来。他梦到母亲向他伸出光洁的手臂，可她的双手连同手上的戒指全都属于菲雷蒙·比加。

安托万从噩梦中惊醒。他穿着衬衣跑到上校房间深处，躲进了现实的怀抱。上校抱着他，安慰他，照顾他躺下，喂他喝了水。安托万注视着绑匪的手，那双手来自一个异域家族，生在遥远的天空下，长年猎捕野牛为生。

“要我马上送你回家吗？”

“不要。”

“那明天早上？”

“永远都不要。”

比加抱住了安托万，他力气好大，又感激不已，让安托万反感起来。

IV

房间里站着一个年轻女子。她刚刚回来，腕上戴着的深蓝色珐琅彩手表正指向八点。她似乎对发生了什么还一无所知。她摘下帽子。这是谁？又从哪里来？她站在那里，仿佛人们刚走进黑漆漆的放映厅时荧幕上放到一半的电影，只不过这幅景象切切实实地发生在当下，发生在我们面前。

这名女子想做什么？唯一可以确定的是，她样貌美丽，忧心忡忡，身处一个被刺眼的光线照得亮堂堂的房间。小个子，偏金发色，双眸狭长而明亮，心不在焉的目光恨不得同时盯着好几样东西。她径直走向写字台，急急忙忙地在几张名片上写下些东西。

突然她想到了什么，停下了手中的笔。是她的孩子。这个念头毫无预兆地出现在脑海中。（并不是之前的想法把她引到这里来的。）她烦躁地把吸墨纸打开又合上，就在这间隙，我们看到纸张一角写着“HÉLÉNE”[1]这个名字，是用小小的银色大写字母拼出来的。

她胡思乱想了好久，所有想法都被打乱了。不过，她还是很快在信封上写下了三位客人的名字，分别是两位女士和

1　即“伊莲娜”。

一位男士。

两封信寄到第十六区，一封信寄到第四区，这再清楚不过了，她头脑里清晰地计划着。女人身后的壁炉上摆着她丈夫的照片。那是一张遗像：永远不会上当的微笑，猜疑的眼神，僵硬的额头。寡妇在房间里四处走动，逝者的目光在相纸上冷冰冰地追随着她。这个精力充沛的男人本不该就这样干脆地跟生活一刀两断。他是孩子的父亲，是相框中一个无为的观察者，他像潜望镜的镜头一样，从属于死者的土壤里钻出来，固执地坚持要看看地上在发生着什么。

他黏附在卡纸上的面颊与房间同温同凉，迎向这个他业已离开的世界，迎向这个世界的爱抚与痛击。他那时正年富力强，却死于一场铁路事故。他仿佛日夜都在控诉这不公，控诉他对生活的不满，控诉自己前些日子的专横和善妒。照片旁边是一束假紫罗兰，装在一只漂亮的葬礼花瓶里，它仿佛就是专门为满足逝者那些微小的需求而设的。这束花没日没夜地全权负责着那无声的工作：裹身，安抚，麻醉。

伊莲娜站起身，又变得极为焦虑。她在房间里走来走去，大声叫喊起来："就这些邀请！我怎么弄都弄不完。我今天是怎么了？写六个信封和六张名片，这只是再简单不过的生活琐事啊。"

这时罗丝进来了。她举起双臂，扑倒在女主人膝前。

"有事快说！"

“我当时紧紧攥着他的手。太太您要相信我。在老佛爷商店出口那里，有个人或者其他什么东西钻到人群里了，安托万就想去看看。接下来他就和我分开了！一开始，我还想着马上就能找到他，我在人群里喊他的名字，有些人转过身来，我立马就被自己糟糕的声音羞得要死，连忙把嘴闭上。然后我就觉得还是自己一个人找他比较容易。”

接着便是一阵沉默。她刚刚的话在两个女人面前缓慢地来回飘荡，慢得就像灵车沉重的步伐。

“罗丝，罗丝，罗丝。”伊莲娜瘫软的声音一声比一声无力。

“不是我把他弄丢的，太太。当时更像是有人把他从我身边偷走了。我本该听到他的叫喊的。他怎么会没有大声叫我？”

罗丝似乎冷静下来了，她想起了最近陌生人寄给安托万的那些精妙无比的玩具。她暗自琢磨：那些玩具肯定有鬼。我怎么就没想到呢？它们肯定知道整件事的来龙去脉。

罗丝和伊莲娜的目光碰在一起又转向别处。伊莲娜也想到了玩具。罗丝觉得它们都是一个叫达努瓦的人送给安托万的，他应该是伊莲娜的朋友，即使现在不是，未来某一天也会是的。这家伙准是估摸着送礼物给伊莲娜的儿子会让他的计划收益颇丰，还精心隐去了姓名，然而谁都能想象到礼物是他送的。

保姆向女主人斥责起这人来。才过了一年的寡居生活，伊莲娜便觉得这样的奢侈毫无意义，尤其是街上还有那么多穷人和残疾人！而她记起礼物收到时的奇怪样子。没有卡片，没有寄件人名字，只有几个经过伪装的字迹："送给小安托方。"（原文如此）

伊莲娜曾在朋友面前稍微暗示过玩具的事，搞得朋友脸红起来。他来这里本有事相求，又或者恰恰相反……

罗丝和伊莲娜在那里面对着面，明显地在试图掩藏各自的想法。手背在身后，双眼低垂，她们衣着下的女性身体不安而赤裸，仿佛完全暴露在宇宙的寒冷之中。

"我想一个人待会儿。"伊莲娜说道。

她的写字桌下有只关不严的抽屉，她总是会忘记拔掉它的钥匙。那里面躺着克里斯蒂安森的一堆信。这个男人身材修长，面孔红润，神色忧郁。伊莲娜最后把他当成了自己的情人，因为他向舞伴俯下身去的样子看起来就像一株需要支柱的植物。

现在，往事如烟，这场艳遇对她来说有什么意义呢？那个北欧人克里斯蒂安森，她还差点不小心让他成为自己的丈夫，那又能怎样？她把信撕得粉碎，扔在废纸篓中。此时此刻，情书这个说法只让她觉得无比愚蠢、无比空洞，甚至忍不住要笑出声，不过她又回过神来，低声呼唤着儿子的名字："安托万！安托万！"

这个孩子跟她无比相像，她却对他了解甚少（她现在才想到这一点，也许正是这种相像本身的缘故，她才没有给予他更多的爱），这个孩子对发生的一切都无比担忧，总像是在等待着什么生活的变化。啊！他有点像度假时的我，离开家去周游世界了。时间一分一秒过去，可我还什么都没做。我原先还觉得只要通知警察局就够了！我根本就不知道发生了什么！我的孩子不见了！安托万不见了！我要声嘶力竭地喊出来才能相信这个事实吗？

她觉得若是换作另一个母亲，那母亲一定会在这时候给整个巴黎都拨一通电话，在线路另一头唤起巴黎各区星星点点的希望。可她没法下决心拨电话，她在灵魂深处已被沉重的外壳左右，只剩焦虑这根细丝还维系着她与外界的联系。

为什么罗丝，啊，为什么她刚才说有人或者有什么东西把她跟孩子分开了？这个什么东西意味着什么？在这场失踪里有些情况不太对劲。安托万没有喊叫，保姆没能找到他。他为什么没有回家？他聪明得很，不会不知道把他的名字告诉某个警察，再让警察送他回家的。

她不知所措，这件可怕的事几乎让她什么都感觉不到了。突然，她惊恐地想到了逝去的丈夫。街上所有的行人中，有多少无人相识又一言不发的死者流连其间？可是鬼魅要一个活人做什么？何况这活人还是一个深受他喜爱的七岁孩子？这猜想真荒唐。伊莲娜在脑子里重复：荒唐，荒唐。好像她还想让它变得再荒唐一点。

在安托万的房间里，罗丝朝着那些令人赞叹的玩具弯下腰去。她想：把玩具送到警察那里总不会错的，他们说不定会发现某个线索。可是，太太怎么不跟我提这回事呢？

伊莲娜突然走了进来。罗丝立刻站起身，仿佛做错事被抓了个正着。

伊莲娜却在想着别的事。她抓起保姆的手——她之前从来没有这样做过。

“你相信世上有鬼吗，我可怜的罗丝？”

“太太应该喝点椴花茶去休息了。”

“你相信世上有鬼吗，罗丝？”

“噢！当然了，太太。”

“你刚才说有什么人或者什么东西把你跟孩子分开了，是因为这个吗？”

“有可能，太太，有可能就是这个原因。”

伊莲娜觉得人们常常要在一段时间以后才能明白别人话中真正的深意。

她们彼此都沉默了。罗丝走出房间，去往警察局。经过女主人的空房间时，她发现里面灯还亮着，便顺手关掉了。

片刻之后，安托万出现在家门前，徒然地仰面望向母亲房间黑洞洞的窗口。

晚上十一点，有人从警察局打来电话："关于意外的假定可以排除了。从六点到现在没有人报案。"

整个夜里罗丝都昏昏乱乱地做着噩梦，梦里，安托万在巴黎的屋顶上四处游荡。他极其认真地探索着这些屋顶，手里拿着一只嗤嗤作响的灯笼。他沿着排水沟前行。现在他身后跟着一只灰色的小动物，保姆怎么也看不清它的模样。即使那东西离她近得不能再近，她也分不清它从哪里开始、到哪里结束，分不清自己打交道的到底是它的嘴还是尾。它的毛发又直又硬，除了这个，她什么也不清楚。要穿过街道了，罗丝不知道安托万接下来会怎么做。她喊道："待在房顶上！安托万，我求你了，没有我你不能过马路，我马上就过去！"

可是那孩子只顾向前跑。罗丝眼看着他就要摔落在路上，可就在离地一米的时候，他又在空中重新起跳，抓住了对面的房子。他在飞？事实上，那更像是游泳运动员分开手臂和双腿的动作，安托万在夜色中游动，用一个简单的引体向上攀上了屋顶，如同坐在被浪花托起的小船上。

那只动物长着数不清的爪子，也一跃追上了安托万，一瞬间罗丝大喊："别慢下来，安托万，别慢下来，你不知道这有多重要！"

罗丝惊慌失措地醒来。她坐在床上，直到拂晓摸索着重新带来白日的光明。

伊莲娜睡不着。儿子为什么没有回家？他也许不喜欢她和罗丝对待他的方式。他们的母子关系糟糕到什么地步了？她早晨在自己房间给儿子一个吻，晚上再去儿子房间给他一个吻。太子门和蒙梭平原一带的许多母亲不正是这样做的吗？罗丝特别喜欢孩子，没有比把儿子交给她更让伊莲娜放心的了。啊！要是他能回来该多好！快回来吧！

她和自己讨论着、争辩着，逐渐陷入假寐。只是，在迷迷糊糊的身体中，她的灵魂还在不安分地扭动。

心的一阵强烈痛楚将她从半睡半醒中激起。她觉得自己似乎随便动一下都会死掉。这之前，医生曾千叮万嘱要她保重身体。

要我保重身体？

这几个字在半夜披上了一层古怪的色彩。

第二天早晨八点，有人给伊莲娜送来一封气压传送信[1]，字是用机器打出来的："任何人都不必担心！我收留了安托方（原文如此）。他现在非常快乐，生活极为舒适便利。只要他一表现出想要回到母亲身边的意愿，我便会亲自把他送回家。"

亲自两个字是着重强调的。没有署名。

1 一种通过压缩空气管道传送的特殊信件。

“孩子还活着！孩子还活着！”伊莲娜叫道，“他指不定什么时候就回来了。”

可她的心仍旧痛苦地跳动着，难道它还没收到这个消息吗？我们的肉体如此混沌幽暗，新消息竟要经过如此漫长的等待才能渗入其间！

一看到这封信，伊莲娜对丈夫鬼魂的恐惧便烟消云散了。她转向那张遗像，觉得那只是一张再正常不过的遗像罢了。

伊莲娜感到很虚弱，和衣躺在床上。她跟安托万说着话，仿佛他们之间的那些壁垒、那些面孔和或远或近的距离都消失了。两人似乎只隔着几厘米熟悉而亲切的空气。她开始问孩子各种问题，都是过去她听罗丝问过的。在这情形下，她甚至无意中带上了保姆的口音：“你昨天睡前刷牙了吗？腿是不是也洗过了？”

她决意要让安托万沐浴在独一无二的永恒母爱中，再也不愿去想其他事。从此，没有安托万在身边她就不要出门，孩子睡觉时她非在旁边悉心照料不可，甚至还要亲自喂他吃饭（尽管安托万用刀叉吃饭的本领早已无可挑剔）。她还想马上远程教安托万读书。早晨，她一边自己洗漱，一边给安托万留了热水，给他擦香皂，仔细地揉搓，突然，她在敞开的衬衣下看到了自己难过的胸脯，于是泪水横流地痛哭起来。没过多久，她又开始埋怨自己。孩子还活着！孩子还活着！接着她就跟罗丝出门去找儿子了。

她要把气压传送信交给警察局吗？还有那些神秘的玩具，她要通通说出来吗？可怜的母亲，你得作个决定啊！她不想这么做，因为她害怕警察们会用脏兮兮的大手和见惯了最卑劣场面的眼睛去寻找安托万。她想第二天再下决心，毕竟她仍一直盼望着安托万会自己回来，不仅如此，出走归来的安托万手里一定还握着一支手杖。

安托万的照片她是万万看不得的，她真后悔这么长时间都没有带安托万去照一次相。照片里的四岁孩子已经和现在的安托万完全不一样了。一切都比不上伊莲娜对这个孩子的渴望，他还活着，这张脸，这额头，这双手，还有那对羊毛袜上方露出来的有些方正的膝盖，它们就在巴黎的某个地方。啊！她对照片的偏爱依旧跟那个与逝者有关的念头难舍难分！把照片放回去吧！她朝衣柜走去，惶惶不安地关上柜门。那么多事情都是法律禁止的！每时每刻都有新的禁令涌出来。不准……，绝对禁止……，明确要求……，不要……，不……：写着这些的牌子到处都是！

安托万在谁的手里？是哪个陌生人把手掌按在信上，又是谁在这段时间里用手肘支着桌子，专注地盯着安托万吃东西？吃东西！可是会有人给他东西吃吗？

伊莲娜越来越吃不下东西，仿佛她要咽下去的食物正是孩子马上就再也吃不到的佳肴。而且，若想让安托万入睡，她就必须要守着，守着，守着！

V

旁边几个房间的小床上，未来就躺在那里。绑架安托万的第二天，比加早早睡下，心里琢磨着，小孩子会在睡梦中长大。你知道这是什么意思吗？从伦敦来的两个孩子在长大，还有那从蒙梭公园来的、从穆福塔尔来的，都是一个样。他们来到世间没多久的骨头正在睡梦中拉长！还有那些疯狂增殖的细胞！要是我如父亲一般把他们围在臂间，他们在这紧紧的拥抱中还是会不断长大。成长的现象，你们真令人不安！我在街上截住小孩就是为了把他们变成我的孩子！啊！看来你不但忘了这世上有菲雷蒙·比加上校这个人，还不记得在大街上这么多冷漠的人里，总有一些重要的路人会猛然跳进你的生活。你们朝着这个方向走了，小朋友们，很好，这是你们的权利，直到，直到某一刻……孩子们，这边走！我们是在拉博德广场，我们到了，注意了，请小心地关上电梯门！这不是给多米诺骨牌换盒子，而是像上帝一样走向命中注定的一切。

五点钟的时候，上校起床了，他把披风披在睡衣外面，用酒精灯煮了一点开水。刚喝了几口巴拉圭茶，他就径直走向一面马皮屏风，那后面藏着他的缝纫机和吉他。

他把缝纫机摆在房间中央，开始缝一块蓝布。看起来，这块布正在一点点变成安托万的衣服。

他也曾为他的另外几个孩子这样做过衣服。新来的安托万身上穿着新衣服，为此他内心深处一直有些遗憾，因为这让他满含爱意的工作显得没那么至关重要了。

不管是用针还是用机器，没人能比上校更会做衣服，要是能在为孩子服务的过程中把手指刺出血，他甚至会幸福得不得了。有了这些从喧闹大街上捡来的孩子，能照顾他们吃、穿、住，他还奢求什么别的乐趣呢？

法国夫妻总是不愿生育，上校对此十分反感。他一边缝一边想，巴黎这座城市没有孩子，它的面孔是不纯净的。大街小巷里到处都是这样那样的大人，即使在布瓦大街上看到五十多岁的老人躺在摇篮里，一双丑陋的眼睛忧虑重重，脑子里惯常的想法全都爬满了皱纹，人们也越来越难大吃一惊了。要是您在街上碰到一个孩子，那情景足以让一打人围过来看看他是不是还活着！

自己这样一个男人没有孩子，这让他倍感屈辱。

“我们还年轻嘛！”

“那就试试别的办法吧，亲爱的。”德斯波索丽娅顺从了。

她为自己的不孕愧疚起来，只好羞惭地陷入沉默。

比加从不认为她会在注视另一个男人的时候感到愉悦。

当她说某个人很英俊，或者有一双漂亮的眼睛，这些完全不会打动她。她只知道，生成这个样子的眼睛理应就是迷人的！

很久以来上校在女人面前都十分羞怯，他从来不敢向她们求婚，也不敢提别的事。他曾多少次想象过，羞怯的自己能在某一天来到一位家庭主妇家中，自然而然地对她说："太太，在您眼里我可能有些胆大包天了，可我想要孩子，这就是我来这里最重要的理由。我曾考虑过您的女儿，当然，最后没有结果。希望您可以理解，我并不是要羞辱您的女儿（这绝对是可耻的），她迷人、有教养，未来某一天会嫁给一个殷勤有礼的完美男人。我只是想要一个孩子，仅此而已。"

埋头工作了三个小时后，安托万的衣服已经有了很大进展。

上校打量着衣服，忽然听到门外响起了孩子们悦耳的叽叽喳喳声。保姆把这些孩子召集在一起百般叮嘱，仿佛他们马上就要进来给他送上新年祝福！

"来吧，"菲雷蒙说，"别再回忆了！整理一下表情！逻辑，理智，温柔，真诚，通通集合！让我们用一个眼神让新来的那个最棒的孩子放下心。但愿对他来说一切都很自然，比在自己家还要自然得出奇！但愿我能平常得像位模范父亲，就跟他抱着最像他的那个孩子时一样平常。"

VI

上校从没想过要把安托万、弗雷德和杰克关在门外。到了晚上，要是不面朝孩子们的房间，随时准备为孩子们付出一切，他就没法入睡。几个孩子最喜欢突然出现在他面前，以期正好撞见他在做什么，看看他怎样从钱包里取出钱来放在发票上，怎样沉思、工作，又或者干脆什么都不干。

喔！他要抽雪茄了。他们心想。上校站起身来。不对，那是一支烟。

他们一股脑地跑去给上校递烟灰缸，每个人都想被他选中。

“你今天一个烟圈都没吐。”

像是被抓了个正着，比加重重地吐出了一大口烟圈。

有时候，他一边读书，孩子们就一边躲在角落里悄无声息地窥视着他：“两米外的这个男人要拿我们怎么办？他已经假装盯着这页看了半小时。”

一天，在比加的桌子上，安托万一个字一个字地辨认着几份文件的标题，“受虐的孩子，不幸的孩子”，还有一些社会学研究、医学和战争书籍的标题。

为什么比加从来都不笑呢？即使孩子们非要让他这么做，他也只是努力挤出一个绝望的鬼脸，要么就是一阵阴森森的喘息。他真的会笑吗？在他的唇间找不到一点亮光，哪怕是微弱得不能再微弱的光泽，只有一种动人又惊人的温柔停留在他的目光里。

比加能一边喝茶，一边叼着银烟管吸上好几个小时，连头都不转一下。他一点书都读不进去，心里只想解决记忆深处的一个疑问。他，一个曾经的行动派，竟然出乎意料地变成了一台做梦机器，就像长时间住在海边或者草原上的人，远处的地平线和房间的墙总能带给他们新的困惑。圣胡安总统为何背叛了他？天下着雨，他思忖着，心中的不满也化作无尽风雨，所有的记忆都如滂沱大雨般自四周倾泻而下。没人比他更能让自己当下的处境与周遭氛围融合在一起，他混在天空的色彩中，混在街巷的嘈杂里，藏在他公寓喧嚣的掩盖下。

安托万怎么看待上校呢？这个男人牵着安托万的手穿过奥斯曼大道上往来的行人，这个男人给安托万讲述海上航行的故事，讲述那沉睡在大海另一头的平原上的故事，一点点从他记忆中抹去了母亲的面孔，扭曲了保姆的轮廓。安托万对这个绑匪充满了好感，既是因为上校的温柔，也是因为他在对待安托万和其他小伙伴时表现出的神秘的尊重。他如此喜爱异域风情的物品，那些东西围绕着他们，每一件都是一种凝视，一种对任性的鼓励，一种地理变换。

比加常常说要带给他们一次完美的旅行。

“什么时候？”

“很快。”

“也许马上就行。”

“我们要好好地在地球上走整整一圈。”

无论隔着多远的距离，比加魔法一般的魅力总能把这些孩子吸引过来，紧紧抓住他们的心。有时他面前会端上格鲁耶尔奶酪，他便把奶酪连着皮吃下去，每到这个时候孩子们就有点害怕。他干吗要硬着头皮吃掉这些难以下咽到几乎不能算作食物的东西呢？

提到孩子，比加总会对德斯波索丽娅说：“咱们的大儿子，咱们的小不点。”

一天，孩子们听到他在房间里呓语：“德斯波索丽娅，你还记得吗，你生双胞胎的时候简直痛苦极了？但护士始终没有来！我就像拆货篮一样忙着给你接生！幸好一切都过去了！”

德斯波索丽娅笑了笑，对丈夫面不改色的自欺隐隐有些担忧。

“是啊，谢天谢地，你生其他孩子的时候就好多了，十天以后就能起身，而且精神头还足得很！”

有一天，比加对妻子说：“我们该请朋友到家里来，让他们也见见安托万。”

“可是，亲爱的，我是很喜欢你那些行为，但它们毕竟是违法的，你这种一点困扰都没有的样子有时候让我很害怕。你平静地来来去去，平静地吃饭、喝水，都是跟偷来的孩子一起！多么心安理得！多么无忧无虑！[1]你还说要请朋友来，把我们收养的孩子介绍给他们。更好的选择难道不是离开巴黎吗？肯定有人在找你。要是孩子把你揭发出来怎么办？危险已经在我们家扎根了。”

“是，我就在危险旁边吃饭睡觉，晚上它的气息还在我鼻子里飘荡，就是为了确保我的存在。但是我不怕，这不过是家里的另一个孩子罢了。”

1 原文为西班牙语。

VII

上校刚刚收到了家乡的消息，这让他对那位共和国总统的不满愈发强烈。比加的政治盟友来信请求他出面，不过一切都要先等议会选举的结果出来再说。选举会在四个月后举行。

*不从巴黎带走一个小女孩我是不会走的。总有一个巴黎女孩会被我选作女儿。*比加心想，*巴黎的那些父亲母亲，要是他们有适龄的女孩，肯定会吓得半死吧！*

比加要独自在巴黎二十个区四处探索。他曾驻足在一家私立女子学校门前，目不转睛地盯着女孩们看了四个小时。

第四个出来的孩子，就是她了。

然而一大群女孩蜂拥而出，谁是第四个也没法分辨了。

有时候，他在街上尾随着某个寄宿生，一边心想：*就要这个我只看到背面的女孩了。*

于是他便加快脚步抄到她前面，结果发现要么小姑娘太丑，要么那根本就是个矮胖的妇女，不然就是一张令他兴趣尽失的面孔。

音乐厅里，在某个杂技世家要出场的时候，比加会想：*兴许我的女儿就要上台了。*

一天，寻觅猎物的比加感觉有人似乎在尾随自己。他一直听到身后有脚步声。他停在一家商店前，那脚步也在几米开外停了下来。一场无可避免的奇遇似乎就在数步之外等着他。对此，他的脖子和后背显然比面颊了解得更多，陷入了极大的不安。

我让人抓住了？上校没有转身，心里闪过一个念头，伦敦警察局还是安全总局？还是重要得多的别的什么人？

“先生。”一个声音在身后响起，闻起来就像装满红酒的人形酒桶。

起初，上校没有转身。他知道，自己整个的性命就悬在陌生人的三言两语之上。

“先生，上校先生。”那个声音靠近他，哀求着。

上校把身子全部转过来，死死地盯着眼前这个高大、略显醉意、笨手笨脚的男人。他的眼睛看不出是蓝色还是绿色（看起来他穷得好像连一双颜色确定的眼睛也没有），脸红红的，仿佛被厄运猛揍了一顿，身上的大衣被几个大扣眼糟蹋得不成样子。

“好吧，”上校的声音友善起来，“您叫住我要做什么？知道您是在和谁说话吗？”

“抱歉，先生，可是实在事出紧急。我得马上和您谈谈。”

苦难永远能触动上校的心。

要是穷人都知道我心肠有多么软，他们准会把我掏得一个子儿都不剩。

那人凑近比加，一下子变得神秘兮兮的："我老婆不怎么正经，将军。可我不一样，我可不是那种满大街都是的流浪汉。我叫埃尔班。我有工作，是个监印工。"

"什么是监印工？"

"就是干印刷校对的。先生，我想救我的女儿，帮帮忙吧，求您了。我以前并不是个酒鬼，我前不久还在塞纳河左岸一家大印刷厂有正经工作。"

"但是，可怜的朋友，您想让我做些什么呢？"上校边说边拦下一辆出租车——它刚好经过上校身旁，像是故意要和这个故事纠缠在一起。

"我了解您。"这男人又凑近了一些，不过他醉醺醺的酒气让他不敢更靠前了，"来看看我的女儿吧，把她带走，好好看护她。您都收养那么多孩子了。"

"您怎么知道的？"上校眼神锐利起来，双耳直竖，鼻孔也微微张大。

"您的门房阿尔贝先生是我表兄。他还跟我说起您最近的那个孩子小安托万，他不完全是被您收养的。"

"您什么意思？好一个我没有完全收养他！"上校大吼，路人纷纷侧目，"我历来不否认我的任何所作所为，我也不怕任何人。说话之前给我好好记住这点！"

"噢！先生，"埃尔班的声音从来没有这么小过，"我不是来指责您的。相反，我想把女儿托付给您，我大概也没法更好地说这事了。救救她吧，上校，救救我这可爱的孩子！噢！跟我来，我们得赶快了。”他补充道，醉醺醺地坚持着，“您啊，您是有钱人！一天里的所有时间都是您自己的。到我家去！我老婆刚刚出门，鬼知道她去哪里了！”

“可是，可怜的朋友，我家里的孩子已经太多了。”上校像个狡猾的商人一样，装作完全看不上他的条件。人啊，不管什么身份，总会或多或少地使出些类似的诡计。

“就看看我女儿吧，上校。我相信您，您不用立刻就回答我，这不会给您惹麻烦的。”

出租车司机看着两个人，似乎想从他们脸上微妙的表情和只言片语中猜出他们到底在说什么。突然，司机把车熄了火，这一动作吸引了菲雷蒙·比加的注意力，此时他已作好了决定。他拉开门把手。

“先生，那就让我们去看看您的女儿这位小姐吧。”

“她是个好姑娘。”监印工边说边跟在上校后面爬上车，“不过要是再在我家待上几天，她肯定也要堕落了。”

就在埃尔班说话的时候，比加清清楚楚地看到他的鞋底从鞋子上掉下一大片。监印工一下子把鞋底踢到了座位下面。

不知怎么回事，美洲人心想，我特别信任这个醉鬼。

“我知道，上校，”监印工把苍白肿胀的手放在邻座膝上，“我知道您不会拒绝跟我到家里去的。这里面重要得很！一个父亲想救他的女儿，为她选择第二个父亲。”

上校开始觉得自己有一种不寻常的运气。这是一种怎样的既视感啊，即使没有经历过，他也完全能预感到并欣然接受。监印工口中的每个字都像是在他授意下说出的。

我有预感，无论这个女孩是谁，哪怕她全身都长满了血痂和脓包，我都会郑重地把她领上这辆等着我们的出租车，然后带她回家。现在什么都阻止不了我。这个男人，这位父亲，谁能说他不是我自己的一根肋骨，他穿好衣服又酒气熏天，就是为了在街上跟着我，让我照顾他的女儿？

比加扭头看着埃尔班："我的朋友，您刚才为什么说我非得马上进入您的生活不可，而且一小时后就有可能太迟了？"

"啊！先生，我该怎么说呢？该怎么跟您解释呢？"这男人脸红得更厉害了，"我老婆知道我们的女儿已经不是孩子了！"

"朋友，我很荣幸能在见您女儿之前告诉您，我不但要收养您的女儿，而且还要请您到我在南美的一座庄园当总管！"

"上校！我的好上校！"这男人的眼睛前所未见地亮了起来（它们看起来仿佛来自深海）。

监印工把双手伸向比加，比加抓住他的一只手，亲密无间地握了握。

出租车在圣日耳曼大道上飞驰。车里两人的境况变得有些难以忍受了。刚才他们彼此之间表现出了过多好感。那种极度的慷慨很快变得尴尬起来，二人沉甸甸的坦率让他们都有些不适。他们需要赶快下车，在街上走一走，再给自己戴上一副掩藏真实想法的面具——至少也得把某些想法掩藏起来，否则他们是不可能长时间盯着对方而不脸红的。（脸这种东西，要是真的不加掩饰，难道不会很快就看起来有些猥琐吗？）

上校跟着埃尔班上了楼。那宽敞的楼梯上竟然铺着漂亮的地毯，让他这个外国人吃了一惊，他一度以为自己会来到一间破屋子。监印工始终在没完没了地大声说话。太危险了。得有人试着帮这位父亲戒掉酒瘾，至少也要让他穿得得体一些，让他不管愿不愿意都吃点东西，这样才能对抗酒精的效应。不过，让这男人喋喋不休的也许只是他破烂不堪的境况。他周身的秘密仿佛都从衣服的大扣眼里、从那张口的鞋子里跑了出来。

监印工按下门铃。

“我不住这儿。”他说，“您怎么会希望我住在这儿呢？”

保姆把他俩请进一间朴素的客厅。客厅布置得很有个人品位，一点也看不出是风尘女的住所。尽管有埃尔班在，上校还是不由自主地失望起来，这里能找到一点下流甚至轻浮的细节吗？一切都庄重而井然有序，仿佛在等待什么人推开那扇正派的大门。

一个年轻女孩走进客厅。她敏感苍白，瑟瑟发抖，那双眼睛让人忍不住想起她的父亲，却与之不同地呈现出纯净、温柔、惊讶的样子。

“玛塞勒，”她父亲说道，“这就是我常跟你说起的比加上校，他很想收养你。”

上校俯身行了一个礼，就像以前在某个将军的妻子面前一样。

“赶快收拾一下，晚了你妈就回来了。”

噢！太好了！上校心想，醉酒的父亲，孩子，母亲，我，这一切都不是白费的！她母亲可能会拿着手枪冲进来。而我正巧在这里！还有这间朴素的小客厅。还有其他一切，著名的塞纳河，塞纳河五米外的圣日耳曼大道！世上有比这更美的吗？

三人下楼走向圣日耳曼大道。美洲人朝女孩招招手，示意她坐进出租车。他把监印工拉到一边：“朋友，您该放手把一切交给我了。”

“是啊，上校。”

“跟我一起走，来吧。”

上校低声告诉司机一个地址。女孩的父亲本想让她挨着比加坐，可是比加给她指定了一个座位，接着又请埃尔班坐在自己旁边。现在，比加脸上显出一副沉重的神色，容不得丝毫变化。

一抹浸着酒气的微笑悄悄爬上了监印工的嘴角。

女孩望向窗外，想知道自己在这个衣冠楚楚的男人眼中会是什么样子。

出租车已经在巴黎灰扑扑的房子之间开了整整十五分钟。它穿过香榭丽舍大街，穿过广场和阿尔玛桥，又穿过格勒内勒大道。车子仍在全速飞驰，忽然，上校敲了敲车窗，示意司机马上停车。

他下了车，让监印工跟上来。

“和您的女儿说再见吧。从现在开始，至少几个星期内您不会再见到她了。”

“我能再抱抱她吗？”监印工问道。

“当然可以！”

父亲吻了吻女儿的额头，可是女孩一下子用胳膊环住他的脖子，猛地抱紧了他。

“我想跟你走。”女孩在父亲耳边说。

“孩子，理智一些吧。”监印工低声哀求道。

“不要丢下我，我想跟你走。”女孩眼泪汪汪地重复着。

监印工仍旧冲她微笑。

“不行，你得留下，就留在这儿，我的好丫头。”他说道，用力掐了一下女儿的胳膊。

玛塞勒一声尖叫，接着便不再说话了。她面无表情，脸上还挂着泪珠。

上校觉得奇怪，这孩子为什么要尖叫呢？

“好了，再见，我的孩子。”父亲轻柔地道别，“你要听话，你现在有了新父亲，他就是我本想成为的样子。”

埃尔班感觉站在他身后的上校已经极不耐烦了，于是赶快把想说的话结了尾。

“能让我知道您要把我带去哪里吗？”

“先生，我想为您做很多事，像为您女儿做的一样多，我想让您完全配得上她。我们现在去戒酒疗养院。几个星期您就治好了。先生，请您就从摆脱口袋里的酒开始吧，把它们通通扔到水沟里。”

“可我已经完全一无所有了。”

片刻之后，这男人嗫嚅道：“您真觉得非把我关起来不可吗？”

“依我看，监印工先生，您必须要一劳永逸地治好。”上校一边回答，一边轻轻把埃尔班朝疗养院大门推去。

VIII

把埃尔班交给疗养院院长后，上校回到车前，却发现女孩不见了。

司机遭到了激烈的质问，他辩解说自己并不负责监视顾客，只要她们愿意，他完全可以让全巴黎的女孩一个一个地从他车上逃走。

比加焦急得简直表达不出自己的感受。他努力克制住给司机一巴掌的强烈欲望，目光渐渐柔和了一些。有时候就是这样，所有国家的官员都最懂人前低调的道理。

“她往哪个方向走了？”他礼貌地问道。

“上车吧，咱们尽量找到她。”司机平静下来，回答道。

两百米之外，玛塞勒正透过橱窗盯着商店里的木材、焦炭、煤炭、打火机和引火柴。

“小姐，”上校开口道，他把帽子拿在手里，微微低下头，“我在这里已经让你厌烦了吗？你想去哪里？把地址告诉司机吧。”

“噢！先生，”玛塞勒窘迫得厉害，“我只是想在等您的时候看看商店。”

接着她便上了车。

比加几乎要脱口而出：“我可差点就没看到你，朝着相反方向找去了。要是那样，我可能就再也找不回你了。”

不过他没出声——在这种时候，他没有勇气质问命运。女孩的年龄、美貌、苍白的面色和国籍都让他印象极深。还有那黄裙子洗得发白的色调、长袜上蹩脚的补丁、磨损得厉害的鞋跟和她饱受折磨的样子！“我何德何能拥有这一切啊！”他自言自语道。汽车全速穿过巴黎第十五区，而车里这个小小的、没有得到培养的孩子，正在寻找自己真正的价值和特质。

比加有意让自己跟旁边女孩的距离远得不能再远。我从来没敢想过为她设计裙子，更别说给她量尺寸了。还不知妻子要怎么说呢！他心想。

一到家，妻子跟孩子们竟刚刚出门，比加更高兴了。这个面容娇柔的孩子，这个嘴唇皲裂的孩子，单单想到能跟她独处一室，比加就已激动万分。

“你喜欢临街的房间还是朝向院子的房间？”

“噢！有个角落我就满足了。”玛塞勒回答，那语调在比加听来有一丝讨好的意味。

话说完了，随后是一阵长长的沉默。玛塞勒望着上校，漂亮的眼睛一眨一眨，这重要一天的重要时刻纷纷闪烁其间。

一抹微笑清楚地在比加脸上一闪而过，不含一点杂质。这是他有生以来第一次微笑。很快他就不由发现，玛塞勒是个手脚纤细的姑娘，她的目光中流淌着一种超出了孩子气的温柔。

外面下雨了。

上校觉得妻子马上会回来。门铃随时都有可能响起，片刻之后这个家就会被孩子们和一个温柔的完美女人侵入，而他唯一能责怪她的，就是她这十五年竟一直属于他一个人。

“你正待在一个南美上校的家里，你不惊奇吗，小姑娘？你早就知道我要把你带去哪里吗？”

“我知道您是好人，也知道您是外国人。”

“刚才你为什么离开汽车走远了？”

玛塞勒不说话。

她心想：我怕男人……他们嗓门大，又比我壮得多。我见过太多男人像大狗一样走进妈妈家里，他们垂着头，就像在找吃的。妈妈和他们会把自己锁在房间里。有时候，外面像现在一样下着雨，我就自娱自乐地盯着衣架上还热乎乎的外套，盯着口袋里露出的几张纸。一听到房间里的响动，我就溜去厨房帮保姆干活了。

“你母亲什么都不跟你说吗？”比加奇迹般地问道，仿佛早已知晓女孩背后的想法。

女孩微微吃惊，莫非比加真的会读心术？

“而我，我不会吓到你的。”比加再次开口道。在这个如此沉重而复杂的时刻，他想尽可能让事情简单一些。

从刚才到现在，他一直在考虑问这样一个问题是否合适，一直在想会不会是什么恶魔亲自将这话推向了他的嘴边。

玛塞勒一言不发，垂下了眼睛。她逆着光，面色不知是赤红还是苍白。

寂静在刚刚相识的二人面前占据了空间，找到了自身存在的可能，它越熟悉这种可能性，便越感到忧心忡忡。

比加回过神来，重新摆出一家之长的样子，清晰地高声说道："去吧，去玩吧，孩子。保姆会带你到门厅里去。在沙发上跳一跳，想干什么干什么，过不久我妻子就回来了。"

他被自己的情感牵引着，生怕没把它们表现得淋漓尽致，结果话一出口就显得用力过度。

玛塞勒不再害怕了。她怀着强烈的好奇心看着门厅里的家具。那些色调明快的油画明明挂在墙上，却如梦似幻地像高乔人在跳舞。走近油画，她看到了一行签名，"费加里"，又或许是"斐加里"。

她止不住地想：妈妈回家以后会怎么做？还有我爸爸，这个上校把他藏到哪里去了？上校带他去的那座阴森森的大房子是什么？她想问问那个木材商，比加就是在商人的店铺前找到了她。她沿着那方向走，有一点是因为这个，有一点是由于害怕，还有一点是出于独立和冒险的精神，她想让别人看到，自己并不是个只会让人用力掐着胳膊强迫闭上嘴的小姑娘。

一个身着马德拉斯布的漂亮黑人女子穿过门厅，微笑着朝她轻轻行了一个鼓励意味十足的屈膝礼。她在鼓励什么呢？房子里还有其他孩子吗？比她们更大吗？会不会有男孩子？上校的妻子会是什么样呢？这个女人很快就会到来，这让她安心。有一扇门半开着，她推开门走了进去。这间房有一个大壁炉，它是做什么的？一只黑色的大开水壶神气十足地架在燃烧的木柴上。还有那些野牛皮椅子，啊，那边角落里的东西，太可怕了！那是几副骨架，还有两只长角的野牛头，它们看起来竟是一副舒舒服服的样子。地上到处是隐约可见的瓶瓶罐罐，里面一丛丛繁茂的蓝色蓟草簇拥成了一处风景。墙上挂着两把吉他，那是两把线条柔和的漂亮吉他。在一幅肖像画中，骑在马上的上校正对着几百头野牛发号施令，此时，在另一幅肖像画中，上校穿着便衣，身边却围绕着一整支长矛骑兵队，散发着冷酷的气息。她这是在什么地方？她该害怕吗？她应该大惊失色，应该不顾一切地逃出这如此有礼、教养如此之好的野蛮之地吗？玛塞勒又稍稍打开另一扇门。啊！她又回到了门厅！她开始明白这间公寓的布局了。她从没想到，在巴黎竟有这样宽敞、这样迷幻的房子，就在她如此熟悉的街区。她本以为幽暗的门厅是空的，却忽然看到一个活物。是另一个黑人！同样，他也朝玛塞勒温和地笑了笑。好像所有人都背着让她放下心来的任务似的。可是，这个黑人为什么要站在楼梯门口？是因为接到命令要阻止一次逃脱的尝试吗？他手里会挥舞着一把大刀吗？又或者，他会带着同样的微笑放她离开？

玛塞勒在黑人面前轻轻关上了门厅的门，而他依然在远处温柔地看着她。玛塞勒直奔一扇面朝大街的窗户。她看见巴黎的雨和巴黎的泥泞，看见熟悉的灰色建筑和教堂的两座尖塔，看见一家餐馆，还看见巴黎的出租车、三轮货车、富人的私家车，看见一切行人、小贩、巴黎的伞。只要她在雨中稍微做个手势，就会有警察领着一群同事走上楼，身后紧跟整个街区的商人和司法人员。她没什么可怕的。全法国都在看着她，法国政府允许这些外国人出现在拉博德广场，不过只要有必要，全法国都会来保护她。上校真是太好了，他照顾她，把她从母亲身边带走，还把父亲带去一个让他自豪的地方。

此时，比加独自待在自己房间，白天的种种印象在脑中翻来覆去。他思索：刚才，我怎么把事情搞得这么糟糕？这就是我所谓的善举吗？

德斯波索丽娅带安托万、杰克和弗雷德回来了，一在家中见到丈夫的新收获，她脸上就显出掩不住的惊讶。

“你该提前告诉我啊，亲爱的。”

自他们结婚以来，这是德斯波索丽娅第一次对上校不满，尽管只是轻轻的责备。

“我那时候能知道吗？”上校回答。

上校向妻子一五一十地讲述了这次奇遇，不过只字未提女孩母亲的事情。

“我去让这个孩子洗澡。”德斯波索丽娅用和解的口气说。

接着，她让保姆来给“这个小姑娘”擦香皂。

片刻之后，在刻着上校徽章的浴缸里，保姆向玛塞勒又黄又瘦的身体俯下身。保姆将她从头到脚打量了一遍，突然，她收回目光，略带不快地说：“你够大了，可以自己洗澡了。”

她坐在房间一角，稍稍把背转向女孩。

跟其他孩子不同，玛塞勒的到来让约瑟夫有些嫉妒，这个大男孩面色苍白，一双长腿把他个子顶得高高的，玛塞勒看到他进门把书朝门厅里的扶手椅上一扔，又踢了几下足球，差点打碎吊灯和油画上的玻璃，心里涌起强烈好奇。

玛塞勒没想到上校家中还有这个年纪的孩子。约瑟夫粗鲁无礼，看起来不知什么时候才能意识到她的存在，这让玛塞勒有些反感。

上校和妻子没有向其他孩子介绍玛塞勒。他们并不是故意隐瞒她的事，而只是想让一切顺其自然。保姆只说他们可以一起玩，接着便关上门，以留给他们足够的相处空间。

玛塞勒一言不发地坐在角落里。家里还没有为她准备裙子，她只好穿上德斯波索丽娅一件樱桃色的和式睡衣。这下上校更不安了。他不想和妻子讨论玛塞勒的服饰这个尴尬的问题，穿过走廊的时候，他尽量装作没有看到女孩的穿着。然而，直到晚餐时间他都无法再想其他事情。两小时前他还不认识这个小女孩，而现在她已经如雏鸟一般瑟缩在妻子的衣物下。这件睡衣在他眼中早已失去了爱情的光泽，而现在，近在眼前，它竟与自己生命中最玄妙的奇遇纠缠在一起。

上校再一次穿过走廊，经过储物间时，他朝镜子自言自语道：“还行。”说着便满意地扮了个骇人的鬼脸。上校在德斯波索丽娅房间里又见到了她，不知为何，他吻了吻妻子。妻子讶异地望着他。上校历来只在做爱前表达爱意。她暗想，丈夫接下来该不会立刻用钥匙锁上所有的门，在下午六点，在四周围绕着一群没能出生的孩子的房间里，与她融为一体吧？

然而，菲雷蒙只是从书架中抽出一本育儿书。一段时间以来，他一直对断奶这件事很感兴趣，尽管未曾想过收养吃奶的婴儿，他还是特别关心该不该在孩子十五六个月的时候让他告别奶瓶。今天，他连三行都读不下去。他心想：

德斯波索丽娅把玛塞勒安置在哪里了？我怎么没问问她呢？看起来我真的过于关心这个女孩了。但愿不是在约瑟夫的房间吧！太可笑了，我在想什么呢！把她放在一个十五岁男孩的房间里？妻子脑中不会有这种想法的。谁知道呢？女人有时候的确会忘掉重要的东西。德斯波索丽娅头脑冷静，有可能会因为他们都是大孩子等稀奇古怪的理由把两人塞到一起！不对，这个男孩即便不是成人，也跟成人差不多了，她不可能恰好把玛塞勒安排进他的房间。从青少年到成年的过渡总是那么悄无声息，常常直到某一天才让人如梦初醒，发现成年竟到来这么久了。

不管怎样，我这个问题再正常不过了：德斯波索丽娅，你让玛塞勒住了哪间房？

我的责任让我必须关心这个孩子。可妻子为何不主动问我呢？问一下也很正常嘛。

上校一言不发地站起身，他穿过大厅，一间房一间房地检视过去。啊，是那个破旧的小箱子。这间房朝向院子，从房屋布局来看，除约瑟夫的房间之外，这是离上校最远的一个房间！就在约瑟夫的房间旁边。上校准备拿钥匙锁住中间的隔门。是锁着的，德斯波索丽娅在他之前就想到了，真是完美的女人啊！上校对预防措施还不满意，回房间之前，他拔下钥匙丢到了洗手间。但他很快又折回来，用一只棉塞堵住了锁孔。上校穿过大厅，回到房间，脸色看起来又忙又乱，仿佛在努力让自己放空思绪，他回到德斯波索丽娅身边，重新拿起桌上摊开的书，书正巧翻到这一章：过早断奶的危害。

他大声朗读，把音节一个个断开，以便让这些词句深入头脑。可他的脑子却在这个时候执着地将自己封闭起来，整篇文章一个字都读不进去。他重复道："过——早断——奶的危——害。"

他想：这次，一个深刻的活着的理由来到了家中。

这下一家人开饭了，玛塞勒心想。仆人把汤盆端进精心布置的餐厅，一揭开盖子，腾腾热气就在欢聚的一家人面前飘散开来！桌上摆着的酒杯、盘子、餐具都那么奢华。确切来说，在这种场合大家仿佛就该交谈，静默，把汤匙送到口边，再轻拭嘴唇。

玛塞勒被安排在上校右边，那通常是安托万的座位。

她穿着睡衣，脸色有些苍白。孩子和仆人的目光都无法从她身上移开。只有上校觉得一切都很自然，自然得仿佛自这个世界诞生伊始，上帝就在短暂的休憩时光中决定了这一刻。

晚餐过后，众人来到一个大房间，它令玛塞勒惊讶又着迷。上校在巨大的壁炉中烧起一个火堆[1]，让人不禁想起牧场上的生活。阿登杉木上跳动着南美的火焰。火堆并不是纯粹的装饰，每天清晨，上校在这里亲自炙烤冈贝塔肉店的红肉块[2]，烧水的火鸡壶[3]也在炉火上挂整整一天——它属于那些爱喝巴拉圭茶的人。管理房间的仆人阿托尼托负责茶的事，他是奴隶的孙子，目光中仍残留着被奴役的痕迹，望向白人时眼中只有羞怯。古梅辛多，黑人司机，驾驶汽车的好手；费利佐塔，

1 原文为西班牙语（南美方言）。

2 原文为西班牙语（南美方言）。

3 原文作“pava”，西班牙语，本意为“火鸡”，在某些南美方言中，也指一种形似蹲伏的火鸡的大烧水壶。

厨娘；女仆纳西莎也来了，他们干完活，悄悄溜到炉火旁，跟老短工特奥菲洛坐在一起。特奥菲洛总是和孩子们做伴，即使在上校一家出门时也陪在他们左右。众人加入了交谈，就像在南美庄园那样，人们讲话缓慢平和，隔一会儿说几句，那声音仿佛能令盲者亲见南美广阔无垠的草原。这里没有劣质饭菜的油腻，也没有厨房烟火的气息。所有人都很爱干净，他们与这家人共用浴室和自来水。

今晚，围坐在炉火旁的众人仿佛身处南美田园，欧洲人紧挨着真正的殖民地移民。一切之中，没什么比那火堆更能让外族人融入周遭，让这千差万别的一伙人和谐起来。

上校拿过吉他，微微背对玛塞勒，他的心完全被女孩占据了，只愿为她弹奏，他唱起比达利塔[1]，难以言明的欲望在歌声中悄然涌动。

在吉他婉转的曲调中，在黑暗中微笑的脸庞间，在主仆齐聚一堂的古朴氛围里，在回忆充盈的寂静中，遥远的国度慢慢升腾，仿佛自海底升向水面的航船。阿根廷，巴西，乌拉圭，当双唇唤起这些鼎鼎的大名，您就会想到各色经停港和港口，那里停泊着空空荡荡的心，还有塞满商品的高高的集装箱。

大家分头去休息了，上校进妻子房间说了会儿话，他的

1 原文为西班牙语（南美方言），指一种用吉他伴奏的曲调凄婉的南美民歌。

口吻极为神秘，不过并不是故意的："你觉得我们该怎么处理那女孩的私人物品？"

我为什么要说"私人"？他心想，嗯，可能是为了让那些物品更贴近那个魅力十足的小身体。

"扔了也没人要。"

"不对，亲爱的，不是这样的，我们该留着这些东西，包成包裹让她放进衣柜。想想吧，整个世界她只有衣柜里还藏着些家什，五大洲再没有什么属于她了，绝对没有，即使远到中国……那可是中国呀！……"

他停下来，放弃了说清这个渺茫想法的尝试。

二十天过去了。想到上校，玛塞勒还是忍不住发慌。这个疯子幻想家可以连着几个小时几乎什么也不做，他的神秘牢牢攥紧了玛塞勒的注意力，让她不由自主地胡思乱想，连家庭教师布置的作业也做不成。

玛塞勒在家中接受教育。上校、通过信的父亲和德斯波索丽娅一致认定，与几个坏同学频繁来往会毁掉对她的净化成果。

比加还在想着她吗？上校某些不自在的态度似乎让她确信如此，而且，上校目光总在她的双手、她鞋子的扣环或她的帽尖逗留。玛塞勒唯一能确定的是，她很久以来一直想吻吻那对沉重的眼皮，它们背后藏着一双她从未见过的无比黝黑又心事重重的眼睛。

她母亲缺乏的一切特质都在上校这里呈现出来：奢华、慈爱和异国他乡。她打量着这个男人，他总是藏在自己的孤独中，如同藏在繁密枝叶后的野人。

他面无波澜，肤色极白，头发极黑，她觉得他很英俊，她见过走进母亲家里的男人，他们为近在眼前的乐子兴奋得喘个不停，眼神里满是迫不及待，她觉得上校比他们所有人都更英俊、更有男子气概。

有时，趁男孩们在玩闹，她会悄悄溜进一间小客厅，这间客厅的门通常会开着，对面就是上校的房间。

她喜欢待在那里，喜欢关着百叶窗钻进阴影中，即使在大白天也是如此，她在那里听比加沙沙翻书，听他用力咳嗽，听茶壶放在托盘上时轻微的响动，抑或嗅闻上校雪茄的烟味，雪茄烟雾漫进小客厅，似乎在探寻着什么。从一间房到另一间房，声音、烟雾、光线和思想的缓慢循环！两种寂静、两个灵魂在这里交汇，其中一个目无所视，对另一个的存在浑然不知。当他被一个离家的女孩悄悄窥视，这个男人的存在便从高大有力的形象中抽离出来。

玛塞勒一动不动地蜷缩在绿色安乐椅中。她总爱想，这个奇怪的男人，对她和她的父亲都这么好，现在只消三步就能走进客厅把她看得一清二楚。然而，在某一天终于走进来的却是德斯波索丽娅，她还以为玛塞勒在黑暗中睡着了。

第二天，玛塞勒回到原位，接着倾听、回忆，怀里抱着德斯波索丽娅给她的娃娃。

比加仍旧独自待在房间中。

突然，比加清了清嗓子，一串话从他口中跳出来："让我背井离乡的唯一缘由就是那位共和国总统的妒忌，他憎恨我。"

他或许是在说我。躲在安乐椅中的玛塞勒心想。

菲雷蒙·比加用西班牙语说着自己的想法，那些平时羞于启齿的话。

"我是皮耶德利塔斯战役高尚的战胜者。人们在我所经之处撒满了鲜花。"

片刻之后：

"一个女人，真正的女人，我是说，法国女人。

"当然了，为什么不是呢？当然了。

"在这座价值三万法郎的宽敞公寓里，没有一匹马，没有一头母牛，没有一只鸵鸟，没有一只凤头距翅麦鸡，也没有铁丝栅栏！但我有火堆！"

上校每次思考过后，巴黎拨动心弦的寂静便再次艰难地一点点袭来。

"然而，倘若我确实需要一个法国女人，"比加说，这次是用法语，一副恶狠狠的样子，"那还不如去妓院！"

比加开始在房间里大步走来走去。

心生恐惧的玛塞勒早已离开了客厅。

德斯波索丽娅知道丈夫偶尔会在思考问题时自言自语，第二天，她占据了绿色安乐椅中玛塞勒的位置静静等待着，期待丈夫能揭露些什么秘密。然而，这天她什么也没有等到，至少她是这么认为的，她正为丈夫能在一个多小时期间忍住想法而庆幸，近乎窃窃私语的一句话却落了下来。德斯波索丽娅不懂丈夫在说什么，但能听出他语气很悲伤。她在他的话中听到了自己的名字，它夹在一连串难懂的音节中显得那么困窘，那么不幸，她丢下手中的刺绣，抽噎得喘不过气。此时，在离德斯波索丽娅两步远的阴影处，正走向老地方的玛塞勒猛然停下脚步，她踮起脚尖退了回去，没人发现她出现在那里。

看到哭泣的上校妻子，玛塞勒想，上校大概把他对自己的爱说漏嘴了。

IX

几天之后，菲雷蒙跟德斯波索丽娅、安托万、杰克和弗雷德一道在布瓦散步，司机开车跟着他们。

那是什么？在离这里（这里是广袤地球上被上校脚印覆盖的那一部分）二十米的地方，最多二十五米，比加刚刚看到某个事件酝酿、发生，在四次呼吸间很快就结束了。一个女人向旁边歪倒下去，仿佛被无形的海浪迎头击倒。另一个看起来像是孩子保姆的女人一声大叫。整条小路上树木都在颤抖，俨然栗子树的层层幽灵。

那边，安托万示意上校和这片土地上的其他人走近一些。他刚刚看到母亲和保姆经过这里，便朝她们跑去。

尽管从未想过他们可能相逢，比加还是毫不惊讶。他像个罪犯一样为小径的荒无人烟而庆幸。一名警卫似乎被引起了注意，正从一百米外向这里走来。不过，比加自信能在警卫到达“现场”之前处理好这一切。

安托万已经叮嘱过保姆几句。她平静地接待了上校，面色冷冰冰的，不过没什么恨意。

比加总是随身带一小罐嗅盐以防孩子们受伤，他朝伊莲娜俯下身，这位母亲美丽而错愕的脸庞渐渐从迷失中回到现实。平生第二次，比加露出了微笑。他丰富又矛盾的感情让他的微笑更加意味不明。

“不会有事的。”他拧紧嗅盐罐的银盖子，友好地说。

罗丝正想向警卫解释一番，女主人却虚弱地摆摆手制止了她。警卫走远了，留下一个狐疑的背影，脚步也多少有些犹豫。

“我随时听候差遣，夫人。”比加将名片递给伊莲娜，接着说道。

伊莲娜还没回过神，只能模模糊糊地意识到发生了什么，她紧紧抱住自己的孩子。安托万拉住上校右手不放，骄傲又感激地望着他。男孩面容带有一种可怜的苍白，跟他母亲一模一样。

伊莲娜感觉自己早已虚弱到无力仇恨这个夺走孩子的男人了。

众人陷入良久的沉默。

我要跟这位夫人说什么呢？比加想，我完全没有要说的。在我整个脑回中都找不到一个回答！

伊莲娜突然很快地说了句话。她的词句像泪水一样喷涌出来。

“可是为什么，您为什么要这样做呀？”

德斯波索丽娅流着泪，弯腰在这位母亲耳边言语片刻。她说了什么？她如何为丈夫辩解？两张面孔紧贴着，一个说，一个听，都满含着深情。

“只要您说句话，夫人，”比加开口道，“我马上就叫警卫来把我关进监狱。”

良久的沉默。

“拜托您，”伊莲娜说，“别把警察牵扯进……进这一切。我要一个人静静再作决定。”

她站起身，双眼搜寻着汽车。

德斯波索丽娅把自己的车让给她。

“啊，不用了，谢谢您！”这位母亲连忙回答。

“要的，要的，妈妈。”安托万坚持道。

伊莲娜又看看罗丝，最终三人坐上了古梅辛多驾驶的汽车。

回到家，伊莲娜用钥匙锁上公寓门，拧上安全锁。她揽过安托万，把他抱在怀里紧紧贴着胸口。她本想对他说：“把一切都讲给我听，告诉我发生了什么。快说说。”可是她的心、她的心在幽暗的肉体中可悲地阻挠着她。愉悦疼痛地折磨她的心，她的心将两种感觉融化、混合在同一种痛苦中了。

她走进房间，关上门，让儿子坐下。

“我有点难受，过来待在我身边，孩子。去玩……去玩玩我的手套箱吧。还记得有一天你想试试它们吗，我当时把你拦住了？”

伊莲娜四肢伸展躺在床上。安托万盯着散发香气的手套，可他不敢碰。

伊莲娜头疼得厉害。她让安托万把灯关掉。房间里只剩从门厅透进来的一丝光亮。

“我留你在黑暗中一个人待会儿，不会让你不舒服吧？我实在太累了！”

片刻过后，伊莲娜说：“你在这里啊，小宝贝。噢，用不了多久的。一段时间之后我就会开灯，我们再见面时肯定很有趣。不管怎么说，这次回家并没有我想象的那么让人兴奋。不过你真的找到了全新的妈妈，尽管她有点脆弱。”我为什么要说尽管？她想，啊，在我快要想通其他事的时候，这些字眼就会转瞬即逝，它们能不能别再烦我了？她接着说（这时她心里难过极了，她觉得自己根本不懂怎么跟孩子交流）：“我之前没有发现你，可你朝我跑来的时候，我真是高兴得不得了。我当时马上就要走向亨利 - 马丁大街了。我真是怎么感激你都不为过。”

她说话时客套的语气让自己都吃了一惊。

“把你一个人留在黑暗中真是太自私了。去玩吧，别走太远。在大厅骑会儿你的三轮脚踏车吧。你骑它的时候声音特别可爱。”

她没有听到孩子回话，担心地起身拧开电灯。

安托万脑袋枕在前臂上，嘴唇贴着地毯——他在那里爬来爬去。他睡在二十来双黑的、白的、灰的手套中间，手套在他周围散落一地，其中几只装饰着短短的镶边。

第二天早晨德斯波索丽娅又告诉伊莲娜一些消息，还寄来一篮兰花。

几天之后，安托万要妈妈放自己去跟上校家的双胞胎玩耍。

伊莲娜几乎惊得跳起来，她默默用纤细的手指掩住面孔。

跟罗丝商议一番后，她竟毫无困难地应允了安托万，自己都有些困惑。（她早已知晓了上校和他妻子的许多信息。）不过她们说好，罗丝必须一刻不离安托万，要利用这个机会看看他最近这三周都住在什么地方。

罗丝回来了，这次拜访令她深受震撼，当晚她就打电话到警察局简单告知孩子已经找到了。

“从谁那里？”一个低沉的声音在线路那头严厉地问道。

罗丝突然浑身战栗，糊里糊涂地挂断了电话。女主人也对这一做法表示赞同。

片刻之后电话铃再次响起。

“从谁那里，夫人，你们从谁那里把孩子找回来了？别让警察接手一个案子又不想把话说清楚。”

“从一个外省亲戚那里。”罗丝肯定地回答。

“好极了，”那个声音嘲讽地响起，“好极了！”

那人挂断了电话。

接下来的几个月，伊莲娜把全部身心都投到儿子身上。她的脸色在回忆中愈发苍白。安托万找回来了，她却仍在无望地寻找。她的心不再习惯于宁静平和，似乎在焦虑的刺激下才能频频跳动。

起身走向另一个房间时，伊莲娜浑身都裹着几分胆怯。她想忘掉自己严重受损的心，于是尽量避免动作过多和大声说话。她想：死去的人总是那么善妒，不把我们拉到那边的世界绝不罢休。他们中有一个抓住了我的心，几天后的某一天就会把它夺走。啊！我有预感，我很快就会被摆上这座壁炉或者出现在别的什么遗像中。

她几乎没勇气过问儿子在上校家的生活。病痛在走不出的昏暗中拉扯着她。她只剩远处微弱的光亮了，这一丝光明在无边的烛火中苦苦挣扎着。

伊莲娜常常把罗丝和安托万送到上校家中，一天（距离安托万消失已经过去十二个月了），她想不惜任何代价接待比加和他妻子一次。

伊莲娜坐在客厅等了这对外国人好一段时间，然而直到二人出现在家门附近，她的心才突然明白他们马上就到而且已经到了。

震惊之下，她垂下头，死去了。

伊莲娜一直在等待死亡，但她更期待某个能让她长命百岁的奇迹。她没能留下遗嘱。

葬礼那天，安托万一早就去了上校家，大家守着他吃了午饭又吃了晚饭。“直到永远。”比加说。带着伊莲娜家人

（他们住在外省）的同意书，比加来到公证人面前承诺自己会将安托万抚养至成年。伊莲娜的父母自以为这个富有的外国人是女儿的情人，甚至可能就是安托万的父亲。他们在巴黎四百公里以外的地方嘀咕了很久，最后还是决定不深究此事，因为他们担心这对比加不利，也担心自己要负担安托万的教育，况且他们根本就不认识这个孩子，他的家产也远远比不上他们的。

上校全家，甚至包括从伦敦偷来的小弗雷德和小杰克都在为伊莲娜服丧。“这是该有的礼节。”比加说。看到女儿穿着一身黑，监印工买了块黑纱别在她的帽子上。

比加为这不幸伤心了很久，也被自己的顾虑折磨了很久。难道不是他杀死了伊莲娜吗？他徒劳地重复：“一条人命，这对一个职业军官来说算什么呢？”他很伤心，严肃又伤心。他畏惧从爱中自然生长出的一切不幸，于是刻意让自己看玛塞勒的眼神只剩冷漠无情。

就这样，两年光景在拉博德广场艰难地一点点过去，广场四周亦是如此。

第二部分

I

监印工离了婚，却迟迟不去上校的某座庄园。临近月末的时候，比加每天早晨都能在拉博德广场附近碰到他踱来踱去。上校感到自己必须郑重地请他吃顿午餐，于是远远就朝他伸出了手。

能在自家餐桌上接待一位真正的父亲，让他看看自己身着浪凡定制衣裙的女儿，比加感到十分满足。这顿午餐总让比加隐隐有些担忧。自从他目睹埃尔班在出租车上掉了鞋底，比加就想，尽管这监印工现在穿得光鲜亮丽，但他一样能把什么袖口啦、领带啦、他三条抬头纹中的一条啦掉在桌子下面。

埃尔班的言谈得体又完美，一个配合[1]都没漏掉。他精确地把“t”挡在口中，一个不落地安置重音，恰当地强调“i”，不忘一个软音符，说出的重要字眼都像是斜体。德斯波索丽娅说法语时犯了一个错，他便在这群外国人中略胜一筹，脸上也应景地容光焕发起来。

孩子们安静地看着他用餐。玛塞勒坐在他和上校之间，不时停下吃东西的动作悄悄端详父亲，那是一种温柔的端详。她很爱这个消瘦、虚弱又面色红润的男人，这个自称是她父

1 “配合”及后文的“重音”、“软音符”等均为法语元素。

亲的人（他确实是），她爱他，既为他的苦难，又为他从离家很远的地方为自己带来的幸福。

埃尔班准备离开的时候，上校把他严肃地拉到一旁又当着众人的面推入角落，悄悄在他大衣口袋里塞了只“鼓鼓囊囊的”信封。随后，他极不自然地握住埃尔班的双手，动作僵硬得吓人，甚至令整个门厅的氛围都乌烟瘴气起来。

监印工一走，上校就立刻逃回房间不管不顾地缝纫起来，他要安抚自己因慷慨而兴奋的神经。他在机器上缝着，疯狂地缝着，做着毫无益处甚至有害的工作——有时他会彻底弄坏一块蓝色或白色的漂亮布料。

玛塞勒成长在冷静而守礼的氛围中。她四周庄重低调的奢华，德斯波索丽娅模范般的生活（她会在公寓任何一个房间，在一天里任意一个时刻跪下来祈祷），还有比加谨慎的态度，一切似乎都在将玛塞勒引向自远处走来的婚姻，它仿佛来自潘帕斯广阔的平原深处。

德斯波索丽娅之所以频繁地进行祈祷，是因为她为丈夫的健康担忧。她十分怀疑，玛塞勒居留在他们家只会让丈夫的古怪更为严重。

那宽阔的、忧愁的额头后面，那明显被心事准确撞击过的面庞之上，究竟发生着什么？比加丝毫不愿表露自己，因为那是他的欲望。

比加究竟怎么了？他头戴圆顶礼帽在公寓四处游荡，却完全没有出门的想法。

有时德斯波索丽娅会试图轻轻拿走他的帽子，可比加总会被吓一跳，仿佛有人要把他的脑子活活割下一片。

于是德斯波索丽娅就走开继续祈祷去了。

II

一天，玛塞勒和家人都去看了梅德拉诺马戏，监印工也去了。从马戏团回到家后，正在换衣服的她清楚看到，伴随着一声轻微的响动，用钥匙锁紧的、面朝走廊的门把手转动了一下。

谁？是经常不敲门就进伊莲娜房间的比加夫人？安托万？某个黑人女子？某个仆人？还是上校本人？还是约瑟夫？没错，是约瑟夫，她隔壁那个我们还很不熟悉的十七岁的大男孩。可是这个、这个让玛塞勒心中塞满无声恐惧的约瑟夫到底是怎么回事呢？

年轻女孩总是不信任这个积极主动的家伙，他有坚硬的拳头，玛塞勒在昏暗的走廊里还要避免被他撞到。他仍未褪去童音的大嗓门统治着公寓这头，总在模模糊糊指责着什么（指责对象并不明确）。

在学习的时候，约瑟夫的行径坚持要让所有人都不痛快，当他在房间或走廊走来走去，人们会不时听到他用黑话或辱骂激烈地攻击荷马、维吉尔和拉辛的诗句。当他开门，那一定会伴随着暴力，门在暴力之下几乎每次都撞到墙上。他对上校和上校妻子的礼貌勉强能让他不受任何指责。当他用起勺子或叉子，似乎伴随着一个小小的准备动作，他就要一下子把盘中的一切全部抓起来。他大声吃饭，肩膀塌下去，手中紧握餐刀餐叉，仿佛紧握着战斗武器。

某个夏日，约瑟夫冒着生命危险从半开的窗户钻进玛塞勒的房间，当时玛塞勒只穿了一只长筒袜，丝绸睡衣马马虎虎遮着羞涩的身体。约瑟夫什么也没做，只是看着她的样子扑哧一笑。

当约瑟夫在女孩房中碰到安托万，他总会命令安托万快去学习。瞧，嫉妒的声音多么吵闹！

“只有我在家里学习。”他说。

他无数次躲在门后或走廊衣柜后吓唬双胞胎取乐，有一天，别人发现他待在那里已经快要窒息了！他还会在整个公寓展开搜捕，看看能否在某个角落发现玛塞勒在给安托万讲刚读的有趣故事。

“这个约瑟夫是从哪里来的？快给我们讲讲吧！”

有一天，比加漫步在穆福塔尔区，寻找一个受虐待的孩子。他窥伺着一声异常的尖叫或呜咽，准备着爬上肮脏的楼梯，手在口袋中紧握一把大口径勃朗宁手枪和一盏能射出冰冷强光的电灯。就在这时，正沿着桑西耶街走的比加听到一扇打开的窗户中不断传来轻声呜咽。他研究了一番，最终弄清这呻吟来自五楼的一个房间。比加蹑手蹑脚地爬上楼，找到一间大门虚掩的公寓，他一时紧张，也没法确定这是不是五楼。

这个南美人听到一声呻吟，他走进房间，发现有个孩子被严重的发热困在这里的床铺上。那张床、垫子和床单被罩乱成一团。在病人头顶上方和四周，十二串（也可能有十五串）变质的火腿从天花板垂下来。

比加装成公共援助机构的医生，非常善意地跟男孩谈了谈。突然，他感觉有什么冷冰冰的东西掉在头上。他重新戴好圆礼帽，发现大衣沾满了从火腿上掉落的无数蛆虫。他发现孩子的床上也同样有蛆在爬动，便一把将孩子裹在凄惨的铺盖中抱起来。抱着这发烧的沉重包袱出门时，比加额头猛地撞到了一条挂得特别低的火腿。

他的车子等在离这里不远的地方，一个十分阴暗的角落。

上校的医生诊断男孩得了伤寒。二十天里，德斯波索丽娅和丈夫全心全意地照料这个孩子，而他们对男孩和他的家庭一无所知。

约瑟夫从来不提他的过去，仿佛这场漫长的发热不是耗尽就是抹去了他的记忆。有时，在谈话中，比加会中断倾听，盯着约瑟夫，心想：私生子还是合法的孩子？小偷的儿子还是杀人犯的儿子？会不会遗传了梅毒？我把他抱在怀里的时候他是在父母家吗？他真的像我最初希望的那样是个受虐的孩子吗？还是一个因为传染病被隔离起来的小家伙，一个受父母相对疼爱的男孩——毕竟父母在家照顾他，没有把他送进医院？

他非常了解自己带走约瑟夫的那个房间。不过这房间背后到底有什么呢?

约瑟夫真的对过去失去记忆了吗?比加是这么认为的,不过不太确定。

经过一年的照料和特别课程之后,这个十四岁的、苍白但有活力的孩子进入了孔多塞高中。为了让他忘记穆福塔尔区和过去人们所说的“低贱阶层”,上校决定送他去学习古典学。

三年之后约瑟夫在这个地方还是显得格格不入,仿佛杯中一小片不肯融化的阿司匹林。上校几乎从不面对面注视他,上校甚至说不出他鼻子什么样子、眼睛什么颜色。约瑟夫嘴唇弯弯的,然而上校却认为它们是平直的。每当他偷偷摸摸地试图了解这张脸,他总要赶快忘掉它可憎的轮廓。一旦他们目光相遇,比加就会暴露在那两只讥讽的眼睛下,它们似乎在指责他从一个孩子的苦难中获利,用这些苦难给自己添上英雄气概的装点。约瑟夫觉得自己在比加那里不过是一个可以消遣的对象,像那些游手好闲的人一样,比加只想从他身上找个行善的机会!“啊,尤其是别再感激了!”男孩目光似乎在说,“别和我说这个,比加先生,不然我会更看不起您,甚至没法再和您生活在同一屋檐下了。”

他有时会让激进的报纸从门厅一路散乱地铺到上校的办公室。他的行为、他的言语、他的目光都沐浴在强烈的要挟气氛中。有一天,他在谈话时懒懒散散留下一小句话,上校自此便认为约瑟夫很可能会去警察局揭发自己。

另一天，比加惊讶地发现，约瑟夫在餐桌上突然用坚定的目光看了看妻子和玛塞勒，好像对他来说问题只在于比较和选择。

我肯定把他的想法弄错了，上校心想，不管怎样，这男孩绝对不敢在我面前想这种事情！

他装作看不出约瑟夫的暗示和傲慢。但是当约瑟夫突然在安静的餐厅开始敲桌子，或许还用叉子轻轻敲杯子发出无可厚非的声音，上校却突然爆发了，他一声大吼——于是约瑟夫安静下来。片刻之后，比加似乎听到养子在餐巾后一声冷笑。

每到星期天和星期四，约瑟夫就会赖在床上偷听他隔壁梳洗打扮的响动：梳子、牙刷和发卡在梳妆台玻璃台面上轻轻的碰击声。他努力去猜她衣服穿到了哪一步，迫不及待地想弄清她在什么位置。一天早晨，他忍不住透过隔墙问道："你穿上衬裙了吗？"

她不回答。

约瑟夫到走廊里等她，却吃惊地发现她已经一下子全穿戴好了；按扣，搭扣，全都完美地合在一起。秘密被锁了进去。脸庞、头发和双手只把它们赤裸的样子留在门后。她的乳尖被上衣和更隐秘的内衣包裹起来，遗憾停在那里。

玛塞勒衣服扣得无比整齐，似乎要赋予她某种庄严感。为表示自己没有被她的庄严感糊弄过去，约瑟夫猛然抱住她的腰并寻找她的嘴唇。女孩逃走了。

玛塞勒一直把约瑟夫当成一个最好不要招惹的粗鲁男孩。约瑟夫经常赞美她的新裙子，而她却装作看不见约瑟夫的领带、大胆的衬领和口袋中露出的斑驳的手绢一角。年轻女孩似乎想对他一直忽视下去，这种感觉令约瑟夫难以忍受。

她再矜持也没用，总有一天我要看到她在欠我的乐趣之下皱紧眉头。

这一刻早就到来了！他心想，玛塞勒换了新裙子这天。我会怕这个晚上与班里最大的学生只有一门之隔的小姑娘么？我也不怕她贞洁的样子。想到她的母亲，她还觉得她用贞洁把自己保护得很好呢。万一她换了房间怎么办？万一那老家伙搬到这里怎么办？

班里最大的学生，这是毋庸置疑的。所有学生在操场站成一排的时候，约瑟夫就会从比他小三四岁的同学的上身和脑袋顶上露出来。有时他会把色情书刊拿给同学们传看，不过只有他才了解其中的趣味和妙处。

有人轻轻敲门。

“玛塞勒，玛塞勒，给我开门。”一个声音响起，想象中激动人心的快乐近在眼前，让这声音变得沙哑。

玛塞勒早就开了灯。

约瑟夫的声音！这次她听出来了。

“开门。”那声音焦灼地重复道。

玛塞勒迅速思考：如何才能不给一个比她大得多、跑得更快、跳得更高，甚至很可能心血来潮对她恶语相向的男孩开门？

“开门啊！”

而且第二天早晨还要坐在他对面！

响铃在手边泛着光泽。

她已经穿上睡衣，将脚伸进高跟拖鞋，准备用左手去开门，同时右手紧抓响铃，就像紧抓住一把手枪。然而她似乎听到：“我们会再见的！”

她慌乱得感官都不再可靠，思想与双耳的连接仿佛被切断了。

悄悄做好预防措施后，她打开门。走廊空无一人。

她现在听到约瑟夫在隔壁房间粗暴地脱衣服，他掀翻了一把椅子，把床撞到墙上，然后开始没完没了地跳绳。

玛塞勒屏息听着他双脚落在地毯上的声音和跳绳的嗖嗖声。最终，看到分隔两室的灯光从门缝消失后，她总算入睡了。

第二天夜里，玛塞勒正准备锁上房间门，却发现钥匙不见了。她想把自己的担忧告诉罗丝，又害怕罗丝不帮自己保守秘密。别人不会觉得是她鼓励约瑟夫这么做的吗？只要她把沉重的床头柜推来堵在门后，约瑟夫就进不来了。模范女人德斯波索丽娅在玛塞勒内心培养出了对贞洁的渴望。可一想到母亲，她有时又犹疑起来。不管做什么，不管藏在哪里，她都害怕自己的身体会一直处在秘密的空闲中。

她很长时间都在迟疑要不要脱衣服，最后还是决定要脱，她双眼紧盯门锁，这时，有人轻轻敲门。玛塞勒准备把床推过去，在床头柜之外再增加一些障碍，突然，约瑟夫破门而入，小小的家具连同上面的摆件一同叮叮咣咣摔向地面：菲雷蒙和德斯波索丽娅手挽手的合照，一只闹钟，在地板上摔碎的墨水瓶。约瑟夫穿着品位不能再差的丝绸睡衣，一如既往苍白的脸微笑着，散发着他平生第一次抹上的发蜡的气味。

玛塞勒浑身发抖。床头柜那声巨响之后，一切举动都显得苍白无力。他们停了几秒，一动不动，竖耳听着公寓中最轻微的声音。正在这时，约瑟夫已经用偷来的钥匙锁上门，熄了灯。

罗丝听到了响动。她坐在床上，支起耳朵听了片刻，决定去查看一下通往玛塞勒房间的走廊。她在门外看到玛塞勒房间没有亮着灯，于是便回到床上，她有点自责，觉得自己本该坚持一下的。她感觉自己又老、又累、又优柔寡断，自从伊莲娜去世后就是这样。她暗暗惊奇自己居然还活着，居然还住在绑架安托万的匪徒家中。

第二天，罗丝再次直奔玛塞勒房间。她要从昨天放弃的地方开始，继续中断的检查。罗丝敲敲门，琢磨着向她洞开的将是疼痛、发烧，还是快乐。

“不要进来。”玛塞勒的声音响起。

“我是罗丝。”

门开了一半，正对着烤在壁炉前的内衣，罗丝刚好从门缝中挤进来。玛塞勒双手红红的，像是刚洗过衣服。

浅色地毯上沾着墨水渍，门上也有一些。

玛塞勒脸上的表情看不出发生过什么，她埋在罗丝双臂间，压抑着自己的悲伤。

罗丝向年轻女孩弯下腰，尽可能地安慰她。就在此刻，罗丝感到一阵深深的恐惧——她在余光里不由自主地看到了女孩的内衣，它固执的影子被火焰不断拉长。

玛塞勒不在的时候，罗丝有几次看到上校从玛塞勒房间出来，她以为上校就是罪魁祸首。

玛塞勒感觉她非常尊敬的一位夫人已经开始怜悯并原谅了自己，她沉默着，等待着夜晚的到来，哀伤与深埋心底的快感混杂在一起。

这天早晨，她像往常一样跟安托万、杰克和弗雷德一起出门。罗丝领着双胞胎在前面走。玛塞勒牵着安托万的手。安托万是她最可靠的朋友，可惜他年纪没能再大一些，她没法告诉他，让自己心乱如麻的到底是什么。

“你想要再长大十岁吗？”

“那我就要和你结婚。”

玛塞勒清楚安托万会怎样回答，可今天她想听他说一次。有些时候，在深深的忧惧中，能让我们安心的唯有对未来的些许预知，那将我们与生活中确信已知的东西联系起来的一切。

III

每天，比加会利用玛塞勒早晨出门的时间去她房间逗留片刻。他注视着玛塞勒刚刚离开的梳妆台，注视着她的洗漱用品，他对女孩的床存有戒心，始终不敢面对面打量它。比加走近衣柜，不为窥探秘密，只为借助日光观察一下抽屉的样貌，他打开抽屉想看看，可以说，想看看它们是否完好。

他用钥匙把自己锁进房间，以便能从口袋中取出一块羚羊皮，偷偷摩挲房间里的家具和小小的物品。

噢，地毯上有墨水！门上也有！还有这把昨天就丢了的钥匙！我昨天怎么什么都没说？我怎么能什么都没做？还有那声不祥的巨响！我昨天怎么没来看看公寓这边打碎了什么？

“开饭啦！开饭啦！”罗丝在走廊里叫孩子们，她用尽全力才使声音勉强与往常无异。

菲雷蒙在玛塞勒房间多待了一会儿。他像罪犯一样悄悄溜走，弓着背，沿着走廊的墙，上衣右边的口袋被羚羊皮撑得鼓鼓的，如同一个藏不住的肿瘤，令他十分尴尬。

这时候大家都该到了，他们从公寓四面八方赶来，面对面围坐在餐厅桌旁。

用餐时，上校一言不发，面容好似即将干涸的水流。他窥视着约瑟夫，约瑟夫像往常一样吃相可怕，看起来自然得不得了，甚至让上校开始怀疑，丢掉的钥匙和昨晚的巨响是不是真的那么要紧。

他决定看向玛塞勒那边。瞬间，女孩的面颊或某只眼睛神经性地微微抽搐了一下（事实上，这抽搐是从面颊到达眼睛的，像闪电一样曲折延伸），令上校警觉地意识到肯定有什么严重的事发生了。他从未在这张精致的脸庞上看到过这种迹象。他迫不及待地想在所有人面前问问玛塞勒是不是病了，可又觉得这个问题太无礼，将它赶出了脑海。

为了冷静地作个决定，比加一边替安托万和弗雷德切了很长时间肉，一边想：这个常常用纯真眼神看着我的孩子，她真的会同意约瑟夫进自己房间吗？深夜家具发出的响声难道不是绝望抵抗的迹象吗？或者它是在快乐中倒下的，那时他们正情欲难耐地拥抱、推挤？这姑娘该不会和她母亲一模一样吧？问题够多了！够了！现在不是处理这些糟心事的时候。快把肉切完吧，孩子们正等着呢。

德斯波索丽娅似乎没觉得有什么可疑。她脸上看起来很自然。神经紧张的妻子们常常决心要表现出自然的样子，她们总想让周围人认为，在所有的可能世界中，最镇静的世界就是最好的[1]。

1 此处似影射德国哲学家莱布尼茨的“最好的可能世界”理论。该理论认为，在所有可能的世界中，上帝创造的这个世界是最好的世界。

我不能仅仅因为玛塞勒面部抽搐了一下就给这个男孩定罪。比加想。

然而午餐过后，上校在走廊碰到约瑟夫时忍不住狠狠踩了他的脚。约瑟夫粗暴地把他推开。上校被养子的冲撞震惊了，心想自己是不是真的在故意虐待他。他在大厅里整整游荡了一小时，从一个房间走到另一个房间，壁垒森严的寂静包围着这里，从寂静的城垛中，他不时喷射出狂热的目光，他什么也不想说，什么也不能说。安托万要去散步了，他走过来朝上校伸出手。上校深爱过这个孩子，现在却觉得站在面前的他像个画着袜子和双腿的木偶。上校已不是第一次感到自己的爱在毫无理由地消减，这仿佛是某次灵魂地震留下的恶果。他大部分的爱都在不知不觉中消失了。很长时间以后他会惊异，自己倾注了那么多温柔的地方竟然只有死亡留存。啊，现在他连缝纫机都毫不在乎，而从前每次用脚踩动踏板他都能索取到那么多小小的快乐！不过他为什么会想到缝纫机？从那孩子的形象跑到胜家缝纫机，这也太荒唐了。

比加坚持要德斯波索丽娅出门去，妻子走后，他独自在公寓待了一段时间，最后决定去找一个锁匠，向他解释“将玛塞勒房间的钥匙拴上一条锁链的想法”。比加从昨晚就只想着这件事。

他要求拿到一把坚硬的钥匙和一条坚固的锁链，最好双倍加强。对他来说没什么比这事更重要。

晚上玛塞勒回来的时候，这一串东西必须牢牢抓住她的目光。这是怎样的无声的建议？怎样的责备？怎样的威胁？

“您会明白的，”比加说，“它们是为年轻女孩的房间打造的，这些没头没脑的孩子经常丢钥匙，所以必须要用坚固的东西，用一条可靠又雅致的粗铁链把钥匙拴住，不是吗？”

老锁匠忍不住在厚厚的胡子里偷笑起来。

话一出口上校就后悔了。跟这人提年轻女孩的房间，他在想什么呢？他怎么不说说女孩的名字，再告诉这人她是监印工的女儿？……

由于担心他们在玛塞勒的房间时有别的人进来，上校频频给锁匠递去锤子、钉子和螺丝，希望加快工作进度。

不过没有人来。锁、钥匙和链条一到位，上校就想：

到时候全家都会谈论这事。不过更糟糕的是，没人和我谈这事，甚至妻子也不谈，她可是每天都要看一看孩子们房间的。这沉默是怎么回事？也许他们已经开始把我当成病人了，只愿对我说一些万里挑一般精选出来的东西。

为什么不给她换一间卧室呢？该跟德斯波索丽娅谈谈，但这就等于在众目睽睽之下承认我什么都清楚。这把钥匙和与之匹配的锁，它们不是同样会把一切和盘托出吗？这是有可能的。但我不想和任何人**谈论**这事。没错，**谈论**，这就是我所不能做的。可这条锁链不也能独自谈论么？难道它不会把整天时间花在可怕的自言自语上，既使我遭殃，又使整个街区的人都被吸引过来？这是很可能的。但是我这张嘴就是什么也不能说。

德斯波索丽娅的卧室很远，她没能听到响声，但她明白，周二至周三夜间一定有重要的事情发生了，这件事还会有一连串后续。这天，比加、罗丝、玛塞勒和约瑟夫看起来各有各的怪异。罗丝躲着她。玛塞勒和比加在午餐时一言不发。约瑟夫在上菜时说个不停，尽管没人听他说话。四人昨晚似乎都没睡觉。犯错的是谁？德斯波索丽娅不敢询问他们的目光。她忙着照顾双胞胎和安托万用餐。

白天，上校不闻不问的态度令德斯波索丽娅愈发恐惧。她的骄傲不允许她提问到底是谁造成了这一切。她不愿强求任何坦白，只想在接下来的几天里等待它的到来。

在象牙扭曲而成的西班牙式十字架下，德斯波索丽娅长久地祈祷着。

下午即将结束的时候，上校头戴圆礼帽，穿着睡衣，焦躁地在公寓中四处游荡，他发现德斯波索丽娅仍在虔诚地祈祷。在一只衣柜上，比加看到圣母像前摆着四支点燃的蜡烛。

“家里有谁生病了吗？你点蜡烛做什么？”他的语气十分凄凉，他自己第一个被感动了。这时，妻子听到他走近了，于是立即熄灭了蜡烛。

不该再吸引比加的注意力了，她想骗过丈夫。

“没有人生病，菲雷蒙。你知道的。没有人生病，感谢上帝。

医生已经一年没来我们家了。”

然而上校已经离开了房间。

晚上，睡觉前，玛塞勒在她门上发现了一把连着两条锁链的新钥匙。她认出那是菲雷蒙·比加的杰作。钥匙上刻着他的签名！除菲雷蒙·比加外，这世上没有哪个男人能以这种方式悄无声息地实现这种想法。原来他是知道的，夜夜十分腼腆地亲吻她额头的他，她伸出手时，最多触到她指尖的他。想到这里，她觉得他真的看起来什么都知道。英俊的比加忧虑重重，一天里每时每刻都是如此！他那么勇敢，那么高贵，可他为什么没把约瑟夫赶走呢？

今晚，玛塞勒决定了，她绝不会再任由糟糕的邻居闯进来。他们之间出现了比加戏剧性的面部表情。脱衣前，她是带着快乐锁门的。但约瑟夫没有做任何尝试，他只是轻轻地敲敲隔门说：“只要我愿意，别以为这个荷马史诗般的装置拦得住我。今天晚上，我困了。”

第二天，午餐过后，比加直奔玛塞勒房间（没带羚羊皮，他太着急了，没想到带它）。他在那里碰见了刚要走出房间的罗丝，感到十分惊讶。上校看到自己的胳膊伸出去试图抓住保姆的袖子。他仍有时间想：我终究是要谈论了！我还未曾感觉到这一刻正在接近，它就已经到来了吗？

“罗丝，前天夜里您没有听到公寓里有奇怪的响声吗？”

我开始谈论了，现在没人知道我何时才能停下。

“我，先生，我什么也没听到。”

“啊，算了，不过先别走，罗丝。您觉得门上这条锁链怎么样？”

“钥匙丢了，”罗丝愣了一下（不过她没有失去理智），“用铁链拴住新钥匙也许是明智的做法。”

“当然了，罗丝。谢谢您。我没有事了。您可以走了，我的好罗丝。”

这谈了等于没谈的话有什么用呢？上校想，我永远走不出去……

他看到自己的长腿开始在公寓里找罗丝。他在安托万房间找到了正在缝缝补补的罗丝。

“好吧，罗丝，您没跟我把话说完。我要您一五一十地跟我说清楚。现在您面前正站着一位重要的人物，一位战无不胜的军官，一位共和国总统候选人，他不接受任何只说一半的事实、任何只说一半的谎言，最后，我不认为世上有什么索然无味的可恶的镇静剂能用于弱者。我是一个家庭的家长和法官，这个家庭是我自己的选择（他坚持用这个词），我希望家庭成员从心到身都是健康的。玛塞勒小姐从未向您吐露些许秘密吗？某种感情上的秘密？她从未向您抱怨过某人的行径吗？或者，如果您更喜欢这种问法：您觉得约瑟夫先生怎么样？”

“约瑟夫先生十七岁了，这是一个容易出问题的年纪。”

“甚至十八岁了，他足够在深夜不顾后果地掀翻一样家具。”

“那么，您怎么想？”

“我开始心里有数了。”

“这，他就是个无赖嘛！”罗丝喊道。

“罗丝，您说出了重要的实情！好了，我得静一静，我没有要麻烦您的事了。”

三点四十五分。比加刚刚看过手表。半小时后，约瑟夫就会回来。上校决定了。

一个被扫地出门的男孩的箱子里该放些什么？一件背心，一件衬衣，一条衬裤，两双鞋。一幅圣母像。要放他的刮胡刀吗？没错，要放。拖鞋？不用，这就多余了。信纸不需要，邮票也不需要。有必需品就够了。要多放一点钱吗？啊！我想到哪里去了？这点钱能顶什么用呢？

他把一张一千法郎的钞票夹进一件法兰绒背心。

上校在大厅等待着约瑟夫，他走过来走过去，手里提着一只小箱子。男孩一按门铃，上校就把门打开一条缝，递过去箱子说：“你走吧，我赶你走。”

“我的位置本是你想要的。”约瑟夫低沉地说，直到这时他才第一次用“你”来称呼上校。

上校抬手要打他，但是约瑟夫早已手拎皮箱不慌不忙地跑下楼梯，甚至不忘转身摆出嘲讽的模样。

约瑟夫的回应震撼了上校。约瑟夫终究看到了他的目光，终究看到了他总在关心玛塞勒的事实。或许，促使约瑟夫和玛塞勒互相投怀送抱的正是他的面部表情！

“让那些教师都见鬼去吧！”他在房间大喊，“我所有的牺牲都是为了约瑟夫。我再也不用瞻前顾后了！我的状况，我自己的状况，变得越来越荒唐了。如果我是这受辱孩子的父亲，我至少有权也有义务为发生的一切发火！我这个年龄的父亲们可以从天涯海角赶来，围着我的怒火纷纷表示赞同。可万一他们在最后一刻获知，我远不是这孩子的父亲，我只是个嫉妒的监护人，把她的每一寸目光、每一个举动都品作性的欲望之果！”

次日，上校一整天都担心自己会在约瑟夫的揭发下被逮捕。他没有告诉妻子自己的忧虑，可她早就猜到了，每次门铃响起她都悄悄躲起来，面色变得惨白。

晚上，德斯波索丽娅独自待在卧室，终于忍不住啜泣出声。

她过的都是什么日子啊？在家中，左是她认为丈夫卷入的非议，右是对警察造访的恐惧！看看这十五年残酷的沉闷婚姻让她变成了什么样子，而十五年间她从未有过一丝怨言。她把羞耻心和预防措施发挥到了极致，甚至连去理发店、看牙医或去修脚的时候都要弗雷德或他哥哥陪着，因为每次她都要跟一个丈夫以外的男人共处一室。她强迫自己没日没夜地照顾这些她无法爱上的孩子，自安托万的母亲去世后，她既不接待人，也不见人（这也是比加的意愿），在公寓中她几乎无时无刻不感受着丈夫沉重的在场。每周，丈夫真正关心她的时间不过五分钟，仿佛他只需要定期检查德斯波索丽娅的存在，与其说是温柔甚至激情的表示，这更像每周一次的简单核查。余下的时间里，他要么独自待在卧室，要么从一间房游荡到另一间房，检查那些开关、灯泡、水阀、滤器、响铃、锁子、梳子和牙刷，而且，自那晚可怕的响声之后，他还会把所有破损的盘子碟子扔进垃圾桶，即使它们只有再轻微不过的缺口。

现在，用餐时，比加的目光总在躲避坐在桌子另一头偏左位置的玛塞勒。

禁区。他想。

德斯波索丽娅不含一丝杂质的两只黑眼睛望向丈夫。他，时不时地看看德斯波索丽娅，想要获得一份合法的心安，他需要这心安来面对那危险的年轻女孩。

可是，在比加每天早晨的准备中，那鲜亮到与年龄不相称的领带和那看起来无比活泼的丝绸又意味着什么？

一天，玛塞勒向上校投去的一瞥美得令他忍不住心想：

啊！她想从我这里得到什么呢？

是的，我爱玛塞勒。她在一个房间与另一个房间之间来来去去。她梳头，阅读，抬起一只手臂，她迈出一只脚，她扭过头去。我爱她。她在公寓里走动，她在镜中望着自己，她在我的桌上用餐，她睡在蓝灰相间的卧室。这是她的生活。我爱玛塞勒。我能有什么办法？她注视着我。我看着她生活，看着她注视着我。她小小的罩衫又轻又薄。我的未来就在这罩衫之中，它打着盹，不时睁开一只眼看看我在哪里，接着又闭上眼睛。

玛塞勒和约瑟夫之间到底有什么联系？是纯粹出于好奇的爱抚吗？比加赶走约瑟夫时，约瑟夫的态度和回应似乎让他们关系的本质无可怀疑了。可这男孩真的没有在吹嘘吗？

当天上午，玛塞勒的目光从一件物品轻轻扫到另一件，双唇间古怪地滑过一种尖细的、轻佻的语言。

IV

一个月以来，巴黎死了不少人。灵车在巴黎二十个区穿行，它们仿佛从大地中来，又将伴随高头大马沉重的步伐回到大地中去。

轮到德斯波索丽娅染上流感了。比加总是陷在“她要死了”的想法中不能自拔。有时，像是被抓了个正着，比加给自己开脱：她不会死的。另外，我全心全意爱着她。我有什么可埋怨的呢？她一定要活下去！

德斯波索丽娅感觉床榻深处有什么痛苦的东西压在了她的病痛之上：是丈夫和小客厅的年轻女孩，那个总是房门大开的客厅正对着德斯波索丽娅的房间。她常常听到他们为更好地注视对方而沉默着。交谈时，他们彼此的声音慌乱地变了调，他们总在寻找自己真正的声调，却从未成功过。现在，在卧室里，德斯波索丽娅拼命召唤那立在门洞中的焦虑，仿佛她能看到它似的。

上校觉得妻子病得很重。有一天，他将玛塞勒的右手握在手中片刻，玛塞勒无比好奇地望着他。

他想：也许我妻子马上就要死了，因为我放任自己将这双无比白皙的手握在我棕色的手中。

一天早晨，安托万和弗雷德也卧床不起了，他们烧得很厉害。

“我不知道该怎么办，”罗丝对比加说，“得把双胞胎分开，否则他们会传染。先生，您也许可以睡在最里面的房间。”（她指的就是约瑟夫的房间，只是，在公寓里人们已经不再提起这个名字了。）

“既然没有其他房间，那就这么办吧！”内心沉重的比加仅仅如此说道。

他想：要是我不去约瑟夫的房间，那就显得太胆怯、太不光彩了。

早在两个孩子生病之前，甚至自德斯波索丽娅生病第一天起，上校就开始担心这一变动了。在那里，约瑟夫曾从一个房间走到另一个房间，倘若变成玛塞勒的邻居，他岂不是每晚都要循着这条目不可见却无比灼心的道路前进？

上校刚把衣物搬去就在走廊碰见了玛塞勒，他开了口，声音听上去十分不安，仿佛他说出口的是正相反的一件事：“今晚用钥匙把门锁好，玛塞勒。年轻女孩总该在晚上用钥匙锁好门，不是吗？”

“我一想到就会去做的。”玛塞勒咯咯笑着说。她美好的笑容渐渐变成了愉快的微笑。

“要想到，玛塞勒，要想到。”上校口气极其严肃，心里乱糟糟的，“另外，这是命令。我的意思是，这是必不可少的习惯。人要有理性和信仰。该来的总会来。即使只有一件该做的事,我们也要去做。来,我们像老朋友一样握握手吧。”

晚上，上校回到他的新卧室。他等了很久，想知道玛塞勒是否用钥匙锁好了门。可玛塞勒磨蹭起来没完没了，只是慢慢解开紧贴身体的宝贝内衣。她已经回到卧室半小时了，可门口还不见她的鞋子。

她终于要放鞋了。

她回到卧室，关上门。

完全没有钥匙在锁孔中转动的声音。

她在做什么？她一个人在做什么？说到底，她会操作门锁吗？我是不是该马上向她解释怎么用门锁？荒唐想法！玛塞勒又不傻！再说，她衣服可能正脱到一半，这可真是为她演示如何锁门的好时候！

还有希望。她也许打算出门片刻，去小客厅的书架找一本书，就像她偶尔做的那样。她要先回来才能关门。

比加明显地竖起双耳，追踪着隔壁房间每一丝可能的响动，他听到女孩在拧电灯开关。玛塞勒终于要在没用钥匙锁门的卧室中入睡了（或者在黑暗中想他）。他可以钻进玛塞勒的房间，而玛塞勒不会有丝毫反抗。显然，她在期待。您明白这是什么意思吗?

比加开始凄凉地脱衣服，仿佛一个因得不到宽恕而即将被枪毙的人，他早已确切知晓那十二颗子弹将打向何处。

他换上睡袍，四肢伸展躺在床上，仍无法下决心把衣服全部脱掉。这个房间自从约瑟夫走后就习惯了无人居住的状态，它自身也能感知到，这远道而来的男人正在这里受苦。

玛塞勒在床上时不时活动一下。比加听着隔壁的动静，想用挂在墙上的套索绑住自己的腿。他把这卑鄙的想法赶出了脑海，嘴唇贴着枕头轻声抱怨起来。他竟然到这个年龄还要忍受对自己的厌恶，忍受对自己男性气概的厌恶！

他打开灯。黑暗变得令他难以忍受了。

与此同时，玛塞勒坐在床上，精致的衬衣散发着衣橱的气味和快乐的气息。白色内衣与白色被单完全无法对抗房间里幽深的黑暗，有时她会故意娇咳几声，只为让自己貌似看得更清楚一些。

上校弄出的声响在她听来就像在准备恶魔的前菜。她觉得上校不是在燃烧什么神秘草药，就是突然回头在咖啡渣中注视未来。这个男人一定有毒瘾，她想。她想象上校将某种液体注入身体，在液体的刺激下变得激动、亢奋，接着便如熄灭的火炬一般跳到床上。

比加重新躺下。现在，隔壁房间没有任何声音，但他还是捂紧了耳朵，紧掐大腿的指甲也深深嵌入皮肉。寂静如令人目眩的瀑布一般从天而降，穿过一片又一片土地，一路奔流无阻。

比加觉得自己正在失去责任感，它仿佛从一道巨大的伤口中流失了。

他死死地咬着枕头。突然，他害怕了，他赤脚冲进走廊，朝他的火堆奔去，仆人纳西索就躺在火堆旁。纳西索正在行军床上睡觉，头枕着赤裸的胳膊。比加把他叫醒。

“来我的房间，”他说，“我感觉不太舒服。我不想一个人待着。我们一起把你的床铺搬过去吧。”

纳西索注意到，他主人乌黑的发丝已有几大簇白如寒霜。

一小时之前，他的头发开始以不可思议的速度变白。经过他房间的镜墙时，上校似乎看到他的头发在闪闪发光，不过没有发现它们正在变成白色。

纳西索灰白相间的床铺弯成弓形，在走廊中艰难地前进着。这块被囚禁的羊毛垫不愿向前挪动半步，一直叫苦不迭。纳西索想把它放在肩上，而比加却坚持要帮他，最后他们一人抬了一头。它在两人手中不停地打滑，弄得手指很痛。两人时刻都在担心指甲会从根上剥落。

上校用手势请求他不要发出声音。现在他们得绕过挡在前方的暖气片，于是只好抵住玛塞勒的房门慢慢走。玛塞勒听到了床铺末端擦过房门的沙沙声。

“有人不舒服吗？”玛塞勒担心地问道。

纳西索看看上校，上校用手势示意他不要开口。

周遭重归寂静。得不到回答的提问让这寂静令人深感不适。她起身从钥匙孔向外望去，只隐约看见两个男人和一张床垫。于是她又回到床上，她深陷在自己的床铺中，终于困得睡着了。她从来不懂这个男人。

上校安排纳西索横睡在房间门口。他一边帮纳西索收拾床铺，一边担心仆人会缺少床上用品。他一定要纳西索把自己的披风铺在临时搭好的床上。

第二天一大早，上校对纳西索说："今晚我的要求不变。你的床铺靠着门，我可能会需要你。"

一见纳西索同意，上校便放下心来。他前去洗漱，却发现自己的头发一夜间全变白了。

他怎能就这样头上顶着明晃晃的招供出现在家人面前，他为什么要给自己弄这一头白发，把本该深埋心底的痛苦揭露出来？

整整一上午上校都待在房间。他坐在桌前，装备好圆礼帽来保护自己。没有人为他担心。大家已经习惯于看到他在屋子里这样逛来逛去了。吃饭时，比加突然为头上这顶令人尴尬的帽子恼火起来，他安静地摘下帽子放在地毯上，动作简单得可怕。他垂着眼睛吃完了饭。

比加的脸看起来无比威严、无比痛苦，几个孩子害怕得不敢说一句话。

显而易见的折磨使比加从中感受到某种安宁。但他还需要去公寓其他几个房间展示他头发的新面貌。他还需要在大厅中、在客厅中，甚至到妻子的卧室里展出他的白发。

德斯波索丽娅惊讶万分，却还是装作看不出任何异常，比加在床边弯腰吻了吻她。泪水滚烫地滑过脸颊，不知流泪的是他，是她，还是命运。

V

玛塞勒从比加那里抽开身，跟安托万度过了一天，安托万这时十一岁。做完作业，安托万又到小客厅找玛塞勒，他们一直玩到晚饭前。

安托万在脸上粘了一撮卷曲的小胡子，显得成熟了不少，这让他觉得很开心。

玛塞勒爱极了这张古怪的新面孔，也爱极了那形成反差的孩子气的双眼，它们也试图像下巴一样寻找自己的男性气概。谎言的迹象下隐藏着成千上万迷人的矛盾。尽管脸颊皮肤还散发着孩童的光彩，那些蔓延于脸颊的毛发却企图占领这里。它们甚至想要占领男孩的灵魂。它们已经启程，谁来阻止它们？玛塞勒看着面前这张令人费解的面孔，就像看着一个单词顺序全被打乱的句子。她不知所措地打量着这对周围长满毛发的被侵略的嘴唇。可那双孩子气的眼睛从来没有这么清亮过！那对眼皮也是，当安托万垂下眼睛，它们便呈现出一种富有韵律的灿烂而梦幻的纯洁，跟那被遮蔽的虹膜一模一样。还有这未成形的鼻子，它会不会迟迟不愿选择自己的道路？

每当安托万出现在客厅，玛塞勒就会朝他转过身去。比加不能表现出对安托万的嫉妒，只好任由安托万粘着卷曲的假胡子走进玛塞勒的生活深处。兄弟姐妹的爱，孩子的爱，父亲的爱，恋人的爱，你们全都出现在这间南美大客厅中，这间开着门、关着百叶窗的客厅。一天，安托万在布瓦玩了一上午捉人游戏，回来后在客厅的安乐椅上睡着了。玛塞勒在安乐椅旁陪着他。安托万在睡梦中拉着玛塞勒的手，被满头白发的上校看在眼里。上校极其严肃地将两人默默分开，玛塞勒奇怪地看了他一眼，小声抱怨道："您这是为什么呀？"

"因为你们两个我都爱。"比加说，他不太肯定自己到底想表达什么。过了一会儿，他心想：我想到了约瑟夫。

这下意识的动作让比加自己都吃了一惊。他不相信自己会嫉妒安托万。

客厅里，比加坐在玛塞勒对面，目不转睛地看着玛塞勒精致的身体线条。

在那里，她的腰那里，是不是裙子没有做好？不，这不是裙子的缺陷！是约瑟夫还在那里！可玛塞勒几乎是个孩子，她还没到年龄！约瑟夫就这样把她独占了吗？多么恐怖！民事登记的医生们，你们凑近看看！你们多花些时间。女孩们不正是因此才不再是女孩了吗？该做的事要冷静地做。我保证会在检查她的时候回避。

他站起身，内心深感不安。他前去关上德斯波索丽娅的卧室门，然后保持沉默。他是主动沉默的，为此他硬是把层层叠叠的一大堆话咽了下去。他离开客厅，又看了一眼那令人担忧的腰围。

看到上校在检视她，玛塞勒埋在安托万臂间抽噎起来。

所以，玛塞勒怀孕了。刚刚回到卧室的上校心想，我这么久以来一直犹豫着不敢看她，像是怕让她远距离怀孕似的！瞧她现在，带着一个新生命从一间房走到另一间房，在巴黎的街巷漫步，停在商店前面，接着又重新上路。

房子里有一个孩子要出世了。您会看到的，好运从不会降临在菲雷蒙·比加头上。

上校去哪里了？他回到客厅，打开门看着玛塞勒，眼中的同情、恐惧和父爱跟爱情作着斗争，他站在玛塞勒正前方，离玛塞勒那么近，他一动不动，如大金字塔一般沉默。玛塞勒起身准备离开。

上校将她揽过来，紧紧地抱住她，他的头整个超过了女孩的头顶，又低下来贴着她的脖颈。奇怪！突然间，玛塞勒已经不知道上校的拥抱是不是要安慰她了。夹在他们中间的安托万似乎打了个寒噤。也许他真的打了个寒噤。这时，上校一个长长的、羞怯的、无限温柔的吻落在了玛塞勒嘴唇上，无法控制的泪水浸透了她的嘴唇，让它们沾上了盐的味道。他退缩了。这个怀孕的女孩正因另一个人的事瑟瑟发抖，而他却等着亲吻她，这真的应该吗？

第二天，在客厅，比加想：傻乎乎的小女孩！不过这也是我爱她的缘由。她在这里，却又跟我彼此分隔。我很快就可以毫无顾虑地注视她了。

有人在敲门。是黑人纳西莎，她为了躲穿堂风，准备穿过客厅去女主人的房间。她把一点东西藏进了丝绸头巾：是拉博德广场的几株草。她用它们来代替家乡的植物，她认为，把这些草敷在德斯波索丽娅脖子周围可以使她更快痊愈。

妻子情况好转了一点，比加因此心想：该通知她孩子即将出世的消息了。他一眼就看出了她承受痛苦的能力，最后认定她足够强大，完全可以承受冲击。

正要开口时，比加想到，妻子会不会以为他就是即将出世的孩子的父亲。想到这里，他开始有些慌乱，他的嘴大张着，仿佛要让他这个一旦开始谈论就要灰飞烟灭的男人再呼吸一次。德斯波索丽娅温柔地看着他，所有做久了妻子的人都会有这样温柔的目光。上校明白了，妻子完全不会担心。他开始自然地讲述起来，甚至几乎成功地讲完了。

“这些我都知道，亲爱的。半个多月前我就发现了。”

她又补充道：“我犯了一个错。我一开始就不该把两个孩子安排在相连的房间。”

“还有我！我！”上校说，“我在她母亲家找到她，结果却让这事发生在自家屋檐下！”

“嘘。”

“对，嘘。嘘，直到人生最后一刻！”片刻之后，比加再次开口，他的语气特别喜悦，把德斯波索丽娅吓了一跳："我们所有人都该为这事高兴一下，你是第一个！亲爱的太太，因为我全心全意地爱着你。"

德斯波索丽娅被丈夫笃定的目光与毫不遮掩的告白弄得很尴尬，很快就开始顾左右而言他。

过了一会儿，比加对纳西索说："今晚，你不必睡在我房间了。我这儿不需要你了，我的朋友。你知道吗，有个孩子要降临在这个家了？我不能再多说什么了，我忠诚的纳西索，不过你要知道，这个新生儿怎么赞美都不为过！"

有个孩子要降临在我家了！回到卧室的比加想，我以为这间房子早已无法孕育新生，没想到它马上就要将一个活生生的人带来世间了！比加强迫自己把新生命的降临看作对他漫长等待的奖赏。

我既没有儿子，也没有女儿，我觉得上天肯定在为我准备孙子一类的东西，这项工程直到完结，直到到达完美的顶点才能在我面前现身。

令人费解的上校开始让玛塞勒感到不适了，他却明显很乐意看到这种状态的玛塞勒。他说："我不需要再回美洲了。我们可以在拉博德广场找到幸福。"

VI

一天，在客厅，比加正在安托万和玛塞勒面前喝巴拉圭茶，玛塞勒却突然狂笑起来，甚至来不及用手捂住脸。

“去憋住气喝两口水。”比加对玛塞勒说，他觉得用人们治打嗝的方法可以治好她。

玛塞勒笑得更疯了。

比加有一种痛苦的感觉——他的穿着好像出现了什么异常。这一瞬间，比加突然意识到，在他自己眼皮下，在玛塞勒眼皮下，以及在不管怎么说都总是在场的宇宙眼皮下，到底发生了什么可笑得不得了的笑话。

就是刚刚发生的这事。

比加看了一眼他自己，他看到两颗裤子纽扣之间有一块皮肤露了出来，不甚显眼，却又毋庸置疑。

他站起来逃走了，脸颊比烧红的铁块还要红得多。他在客厅门后整理好了着装。几乎就在这时，他听到楼梯平台的大门响了一声。

他拔腿就逃，像是有人在追捕他。

比加叫住一辆出租车。晚间的凉意袭来，他发现自己没戴帽子。

“司机，找一家卖帽子的商店。”

比加在出租车上不停地骂自己。

走出商店时，比加感觉刚才的红晕丝毫没有从他脸上消退。出租车狭窄的镜子挂在那里，仿佛就是为了照出这个男人可能会永恒不变的、常想常新的羞耻。

他对司机说：

“迅速穿过巴黎。我说停您再停。

“我再也不回家了。几代人都会笑话我的。您会对我说，我没有孩子。算了，您随意吧。今天我的理智被愤怒取代了。一切都还来得及！我再也不会出现在玛塞勒面前了，出现在安托万面前也不行，甚至出现在我本人面前也不行。只要出租车在行驶，我就至少有一半能安静下来。”

他大声谈论着，手舞足蹈着，再也不感到尴尬了。在樊尚哨卡前，比加对司机说：“去马约门，再快一点。”

接下来他又去了比特-肖蒙、蒙鲁日和巴蒂诺勒。

半路上，他靠着车门，觉得自己有必要向司机解释清楚：“我是外国人，想熟悉熟悉巴黎。”

又立刻心想：我何必要自证清白！

比加在城市中四处穿梭，希望能以此超越他的内心，骗过他的内心。最终，他感觉安宁了一些。

在巴黎城中四处躲藏了一小时后，他给家里打电话说他不回去吃晚饭了，他有很重要的事要办。很重要的事！但是现在我的着装已经整理好了，我可以想去哪去哪，去爱丽舍官都不成问题！算了，我不回去了！当一个人检查什么东西三十次还没安静下来，那他就有可能再也安静不下来了，就算把门小心地锁好，赤裸地躺在浴缸里也不行！

最后，他决定跟玛塞勒的父亲共进晚餐来度过今晚。

监印工的门房告诉比加他刚刚出门，现在应该在一个小餐馆，她向比加指明了餐馆的位置，就在勒皮克街和阿贝斯街的街角。

希望他还没开始吃东西，这样我就能带他去吃大餐了！

监印工正在喝汤。他坐在餐厅靠里的位置，上校认出了他的背影。

现在去找他是不是太晚了？一个人已经喝过了汤，这说明他今晚不会再有去别处吃饭的想法了。等到明天再邀请他不是更好吗？等到明天？我的心里话怎么可能再等下去！从今天等到明天，它们会把我生生啃噬掉的！我整晚都不敢出现在玛塞勒面前了，甚至一生都不行，既然这样，那就至少让我请她父亲吃顿饭吧，何况他并不知道我可悲的遭遇。就把它，这个悲剧，称作遭遇吧！您想让我把它称作什么？我就用出现在眼前的这个词了。

侍者走来问比加是否要用晚餐。

“不，我不吃晚饭。我需要和这位先生谈一谈。”他极其低沉地说。于是，比加蹑手蹑脚地接近监印工，碰了碰他的肩膀，然而比加动作太轻，监印工什么都没感觉到。

比加的食指在几乎碰到埃尔班肩膀的位置停了五秒。他正考虑下一步该怎么做，却突然发现侍者在注视他。于是他大声说道："您好，亲爱的朋友。"

监印工吓了一跳。

"噢，别客气，"比加边说边要埃尔班坐下，"我来找您一起吃晚饭。不过我看已经太晚了，您已经喝过汤了。"

"噢，我已经喝过汤了，我已经喝过汤了。"监印工的语气一句比一句犹疑，好像他根本不确定这件事。好像浓汤本身或盘中的食物也该怀疑自身的存在，想想自己是不是冷盘、前菜或花样繁多的甜点。又或者一切都不存在，那些都是阴间的汤食。

"我刚刚开始吃晚饭，随时听您安排。我每天都来这里，这家餐馆的老板不会因为我到别处去吃饭就生气的。"

"他没问题，那您呢？"

"当然可以！上校，完全没问题。从食道流进肚子的六勺汤算得了什么？我看它什么都不算。"监印工笑着说。"接下来的菜我还没有点。我来去自由，还是多亏了您啊。"他补充道，显得有些谦卑。

片刻之后，他们来到一家大餐厅。

开始用餐时，监印工明显在努力地说着恭维话："我发现女儿安安全全地住在您家时，您绝对想不到我有多欣慰。

我在这个世界上只有她了。”

“没有绝对安全的地方，即使在地下也有盗墓贼的侵扰。”

上校不再怜悯这个即将开始享用丰盛晚餐的男人了，他残酷地盯着埃尔班。埃尔班的不幸与沮丧在他周围形成了一块真正的苦难之地。

上校心想：

他在我面前，他就是玛塞勒的父亲，世上我最爱的玛塞勒。所有人都一天天地离我而去了，玛塞勒也是如此。我注定会生活在地狱般的孤独中，即使我一个接一个把世间的孩子都偷回家也无济于事。

我治愈了这个监印工的酒瘾，而今晚我又让他喝了这么多酒，甚至还在等更多的利口酒送来。所以他天生就是酒鬼，成不了别的什么样子！赛璐珞的衣领，棕色的领带，一看就是监印工的长相，还有这额头上的皱纹，它们总想揭露更多的真相，比展现出来的还要多。

“知道我们两个为什么要来这里吗，朋友？因为我不可能再生活在法国了。是时候换换天花板了，甚至天空也要换。我要出发回美洲了，得和您说说这事。”

事实上，回南美的想法是在上校说话时从他脑海里冒出来的，仿佛航船在逐渐行进中看到了远处的陆地。话一出口，上校就感觉到他谎话的成分越来越少，或者更恰当地说，他最初说出的谎言正在变成纯粹的事实，不留丝毫可疑的杂质。

在说完话接下来的沉默中，上校心想：玛塞勒以为她能安稳地笑话我今天下午愚蠢的疏忽。好了，她现在得收拾箱子了！安托万也是，所有人都一样，仆人们不管黑人白人也都得走。不论什么肤色！要是所有人都能埋头收拾箱子、衣柜该多好！他们别想花心思想别的事。事情就这么定了。所有衬衣都要换位置，裤子和我的礼服也要换。接下来我们就会悄无声息带着行李到法国一处大港口去！

监印工认为自己该礼貌地提出些异议。他女儿身体娇弱，美洲的气候对她的健康足够有利吗?

“我们要去的南美城市是南半球最有利于健康的城市，像开普敦和新西兰的威灵顿一样好。另外，您也可以去。”比加补充道。这个语调奇怪的另外让他明白，他说得太多了，而且这话回应的仅仅是埃尔班被猜中的心思，不是埃尔班刚才的问题。

“噢，我，”埃尔班谦虚地说，“希望我不是那么没用。”

“您想做什么就做什么，这不必多说。我从未想过让您按照我的想法行事，或者说，违背您的意愿行事。”

比加心想：太荒唐了，我居然想把玛塞勒的父亲也带在我们身边，想把他就这样卷进这一切。本来不邀请他事情就简单多了——很长时间以后他才会得到这个消息，而那时我们已经走了二十天，这个消息早就过时了。为什么要把他这朵无害的蘑菇加进我们的移居队伍？是因为我认定她女儿的事故发生在完全正直的人中间，不是什么大事吗？可事实上，比加冷静、清晰地想，这个男人在我面前吃饭，我略一伸脚就能真的碰到他的脚。他完全不知道，正在给他盛奶酪比目鱼的我受到什么心事的折磨。现在还不是告诉他的时候吗？……可是还有个问题：如果我领着假冒的女儿去拜访住在拉斯德利西亚斯的母亲，这不会让我很不体面吗？这可真是给我全家的好礼物！

但是回南美的想法已经说出口，不再能被比加的意愿左右了。监印工仍在讲话，而比加却已不再倾听，只是直直地盯着他的眼睛，这一刻，比加忽然意识到自己正变得像曾经一样专横，于是决定放下这件事。

监印工停下来喝酒。

“您是一位可敬的先生。”比加再次开口，“您刚才问拉斯德利西亚斯的气候是否适合您的女儿，这是个好问题。”

比加忘了，这个问题已经得到解决，不需要再发表任何意见了。

但是埃尔班又接上话头说了几句，与此同时，比加却在想：恐怕我们得赶快走了。有了巴黎裁缝做的裙子，我们到南美时应该就没人能看出什么异常。到了拉斯德利西亚斯以后，我们随时都会有供应。我会在合适的时机把她送到某座庄园去。

“没错，朋友，”上校热情地说，一边越过桌面握住监印工的手（比加一想到玛塞勒能在庄园中分娩就无比兴奋），“我们所有人一起出发。您和我们同去。一定要去。您会看到那是一个怎样的国家，那里有怎样的天空，怎样的平原，怎样壮丽的风景！这么坚持，我都有些羞愧了。所有地区都有这样的景观。我只是，在今天，少见地找回了自己属于南美的那一部分。”

比加又叫了一瓶勃艮第红酒。这是他们的第三瓶了。

“有时候在巴黎市中心，在一场亲密无间的谈话中间，就像今天这样，如果我眼中有一种来自一万两千公里以外的古怪目光，您千万不要惊讶，亲爱的朋友。它是以不可思议的速度从南美深处赶来的。”

比加心想：偷孩子的就是我这个南美人。这是毫无疑问的。

他接着说：“美洲的我比欧洲的这个我更高，肩膀更宽，比这个我重六公斤还多，那个美洲人住在天空下，不怕喝酒，不拘小节。他习惯了广阔的草原，把拉博德广场和巴黎街巷的行人都看作——当然，除您以外——都看作四处散开的一群水牛，他会把挡在面前的它们直直推开。而法国的这个我，这个在大洋这头一点点长大的我，他不停地道歉，不停地保证，不停地发出各种各样的抗议。”

上校说了很长时间。

监印工笑起来，然后闭上嘴，接着又开始笑，心里真不知道自己该用什么态度来对待他。

他们吃完了晚饭。账单已经付过了，但比加仍不起身。他一直没有告诉埃尔班玛塞勒的状况。

“您的女儿非常迷人。”一阵沉默后，他突然开口道，“啊！顺便说一句，您知道我把约瑟夫赶出门了吗？您简直想象不到这个男孩有多粗俗！”

“真的吗？”埃尔班毫无顾虑地说。

“在这件事上我有很多话要说。”

他正要谈论时，监印工开始专注地看着他，并为了更优雅一些，用手帕擤了擤鼻涕。这块手帕干净得耀眼。它那么洁白，以至于令上校的坦白停在了嘴边。

上校站起身，两个男人一言不发地走出了饭店。在饭店门前，他们交换火点燃最后一支烟，然后便会各自离开。他们的帽子还拿在手中，这使他们发红的额头挨在了一起，突然，上校猛地缩了回去，好像害怕这一接触会让他把前额后所有的秘密都泄露出去似的。

他现在要回家吗？直接回家，还是先去找姑娘？今晚这条街如此宽阔，如此饥肠辘辘！

比加走进一条昏暗的街道，站在一座明亮的房子前，房子的门半开着。进去吧，比加想，至少在那里，我肯定是理直气壮的。

将近两点的时候，比加回到了家。

这是我家的墙，我家的天花板，我家的地板。很少有人会想到这些东西，它们如此平常，却又如此可靠地在环绕四周的宇宙中保护着我们。孩子们睡在这里。那个还是胚胎的孩子也睡在这里。不过他有可能会突然吵醒他的母亲，只为弄清整个人类世界是否发生了新鲜事。

他听到了什么响动，似乎是女人的声音。德斯波索丽娅刚刚在房间深处叫了他第三次。她一直在等他回来，心里十分焦虑。

“这么晚你从哪里回来的？”

“我去买帽子了。”

一阵沉默过后，他继续说：“我碰上了那个监印工，我们一起吃了晚饭。你呢，你怎么样了？”他问妻子，语气像是在问几年未见又重逢的同学。

“我已经卧床三周了。”她平静地说道，话中夹杂着一丝责备。

“啊，我真是罪该万死！”

比加扑倒在妻子床脚下，任妻子将他的右手握在双手中。他一进房间就将这只右手托付给了她，那上面仍残留着妓院的感觉。

她抚摸着他的白发，上校既疲惫又安心，无比安心，德斯波索丽娅以为丈夫还醒着，但他已经在床下睡着好一会儿了，她抚摸的只是他的睡意。

片刻之后，上校醒来说了一句话，他头也没抬，但说得非常清晰："等你身体恢复我们就回南美。"

说完他就再次入睡了，这次，他睡得很沉。

随后一个星期的一天，比加刚买完去拉斯德利西亚斯的票回来，就发现德斯波索丽娅守在楼梯口等他进家门。

她的脸瘦了，但依然很漂亮，它看起来有一个消息要宣布，上校不知道这消息是好是坏。

"玛塞勒刚才受了罪了，"她说，"在她收拾箱子的时候。还好，确切地说没出什么大事，只是……"

"只是？"

"没有孩子降临在这个家。这是上帝的意愿，我在你回来之前就诚心诚意地谢过他了。"

比加没有说话，他把自己关在卧室，想知道到底该如何去考虑这个消息。

VII

上校被海风吹得兴奋异常，他想要孩子们表现得更高兴一些，因为他们正站在横渡大西洋的客轮上。

“你们高兴吗，你们是不是特别高兴？”

他不知道该用疑问还是感叹的语气说出这些句子，因为几个孩子脸上看起来没什么反应。

我们周围的人从不会像我们想象中那样幸福，也不会像我们想象中那样不幸。

可是这大海孩子气、爱玩又粗心，真该变成孩子的天地！只有年轻的双眼才能凝视大海，他心想，成熟的男人和真正的女人打量大海时，那些无比脆弱的泡沫该经历怎样的煎熬啊。要是挤满这艘船的都是我从迟钝的父母那里夺走的孩子该多好！从缆绳这头到那头，偷来的小家伙们拥成了一面高大的舷墙，沐浴在纯粹属于海洋的幸福中！从前恰巧有这样一艘船，我就是它的船长……

这时，玛塞勒从比加面前经过，却没有看见他。她望着远处，穿着一条白裙。他眼中的她从未如此年轻、如此柔美。

幕间休息，幕间休息，拜托了！要遵守大洋的休息时间！我只想在这公海上做一个完全失去爱情记忆的男人！

他站起身去看海浪，看着它们在他眼皮下形成、撕碎。

有好一会儿，浮动的海浪占据了他思想的空间。他有一种感觉，好像引着自己思考的只有海浪、泡沫、溅起的水花和跃出水面又永远消失的鼠海豚。他想到了所有像他一样靠在栏杆上的旅客，想到了他们成千上万混乱的欲望，这些没有回声的箭日夜不停地射出，又一支接一支地落下来，它们掉在远近不一的地方，掉在咸水中，无法抵达天际。

上校从海上的胡思乱想中回到现实，发现眼前已经空无一物了，他转身回到自己的船舱（自己的囚室，他想），舒展身体躺在床铺上。

他看着洗手池上方的正方形镜子。这面镜子在他眼中格外方正。门把手是一个完美、绝对的椭圆形。长颈瓶猛地闯入视野。牙膏瓶、剃须刷和牙刷看起来高高耸立，仿佛跳出了它们自身。它们的体积胜利了。在抖动的风扇叶和大海的光线下，船舱的白漆显得极为突出，甚至白得不可思议，这样的白色是陆地上从不曾出现的。所有物品都能让自己看上去像某些立体装饰画，它们也愿意这样做。它们对大海说："我们存在。""我不过是只量产的长颈瓶，就像其他长颈瓶一样，然而，即使在大海中，即使在罗曼什海沟下，我存在，我存在，我存在。"

"你呢？"

"我？我是个回美洲去的人，离美洲越来越近了！"

他不由自主地拿过钱包，把它打开，就像偶尔闲来无事或者想换换脑子时所做的那样。他查了查证件。

这是那监印工的船票和火车票，我们白在奥赛火车站等他了。我本想带他见识见识海洋风光，可他连巴黎都离不开！

比加要去拉斯德利西亚斯的母亲家，带着他收养的孩子。

“我们精神上的父亲。”他们会这么说他，像有人教过他们似的。

重逢！在三周的航程后，跟他母亲重逢，他真正的母亲、真正的兄弟姐妹！在巴黎，他只有记忆中的母亲、兄弟、姐妹，没有形体，也没有气息，而且藏在大洋背后。他殖民地的房子在那里等他。湛蓝无痕的天空下，他曾经习惯的一切也在那里等他。啊！在拉斯德利西亚斯，就像十年前一样，紧紧抱着活鸡的商人一周去三次厨房，他在窗前一周听三次鸡叫！

比加很享受独自待在船舱的时光。在甲板上，周围的人似乎都在监视您。如果您止步片刻再抬起眼睛，您就会看到前方三十米处有个移民，他怀里抱着孩子，正从甲板中间和栏杆缝隙中面带责备地看着您。又或者这人是个正用拖布擦舷窗的水手，一旦与您目光相遇，他就立刻摆出认真的样子回到工作中去。

一艘船从圆形舷窗前经过，比加想好好看看它，于是爬到最高的甲板上去。比加观察了它很久，把双筒望远镜放回套子之前，他又懒散地将它转向某根桅杆，那里有个水手正在向上爬，动作灵巧得惊人，仿佛某位天神正在返回天空。这个水手的头在望远镜中显得十分活泼，他转过脸，上校马上就发现他长得像约瑟夫，不过他把这无礼的想象赶出了脑海，目光重新回到那艘越来越远的船上，回忆逐渐被遗忘占据。

这时，玛塞勒正在白色的走廊中闲逛，这条走廊亮堂堂的，属于一等舱，里面白昼与黑夜都失去了分别。在这些关闭着的一模一样的门前，她想象到了藏在门后的一切不同、一切可能。

离开里斯本的时候天气热起来了，她躲在窗帘后脱衣服，房间门微微打开，上面只搭着一只钩子，突然，她看见约瑟夫走了进来，就像一朵浪花。是他。水手制服下的人就是他。是他绝妙的粗鲁。他们一个字也没说，铁一般的沉默久久攥住了他们，盖过了甲板上的一切嘈杂。

她慢慢回过神，心想：啊！帅小伙，我的失踪者，我的全部，我的水手，我的归人。

“我没有给你写信，因为我相信会再见到你的。”

“你闻起来有缆绳和沥青还有新鲜空气的气味！”

约瑟夫想到了在巴黎时他进入玛塞勒房间的方式，当时他掀翻了玛塞勒的床头柜。他曾多少次想过，如果有一天他淹死在海里，这将是他在海底的第一个发现！那只床头柜和摔东西的声音！可海底是没有声音的！那又怎样，那又怎样呢，这荒唐的现实？

他变了。他的目光中有一种温柔的宁静。

他们没有谈到比加，也没有谈到孩子们，他们只是——在两个相互信任的人之间——聊了聊船的吨位、吃水、速度和煤炭消耗。还有约瑟夫的工作，甲板水手。

“你不知道我的同伴们对我有多好。我本想把手表卖掉。他们拦住了我，还一定要借给我一百法郎。我和他们说起过你，他们值得这样交心。”

德斯波索丽娅从罗丝口中得知约瑟夫就在这艘船上。不知为何她竟感到有些庆幸。祈祷完毕后，她认为这是一次真正的厄运，一定要不惜一切代价对丈夫隐瞒这个消息。

“玛塞勒小姐知道这事吗？”

“她已经知道了！”

“啊！上帝啊！”

两个女人不再说话了，想让沉默去作最好的选择。

第二天清晨，比加透过舷窗看着太阳从海上升起，他昨晚在船上睡得很不好。为了更好地看日出，他一直跪在自己的床铺上。

现在是四点钟。约瑟夫光着脚，穿着蓝色制服，正一桶桶地往甲板上洒水，他离上校只有三米远。

是约瑟夫在这里谋生。比加心想，仿佛在梦中一般。

紧接着，上校猛然回到了现实，他连忙把脸藏在窗帘后，心想：是他！是他！

片刻之后：我该怎么办？

这是比加刚才的想法，现在他的心境变了，他重新思考这件事，心中多了一些温柔：约瑟夫受雇于南大西洋的这艘船。我们上船的时候他就知道了吗？别想这个了，这是他的事。他在商船上做事。他用饭盒吃饭，在吊床上睡觉。此时此刻，大西洋环绕着我们，一直延伸到里约热内卢。

黑暗的船舱中，玛塞勒也在注视。约瑟夫刚刚离开这里，他在甲板上，跟她挨得那么近，他清洗着甲板，脸色从来没有这样苍白过。她紧紧盯着他，久久打量着他，没有被人发现。

曙光升起来，静静地洒在行船上，轻轻浮现在海浪间。

每个清晨，在船舱中，比加都会注视着约瑟夫瘦削的脸庞经过窗前，他看着约瑟夫的赤脚，看着他的双手。他回想着这个大男孩在他屋檐下生活过的几年。约瑟夫继续往甲板上洒水。曙光拂过地球的表面。

这张脸在我的舷窗前来来去去，这额头，这鼻子，这眼睛，以及这苍白的皮肤，终于变得理直气壮了。

一天晚上，在将近十点的时候，客轮穿过了赤道。这时，上校看见一个水手的影子，约瑟夫的影子，钻进了玛塞勒的房间。

啊！上帝啊！这事又要发生了！

他继续想：会不会有一个长官突然要找约瑟夫？他们不

感到难为情，这是无可指摘的。他人总是无可指摘的。责备都冲着我来，我渴望责备。我要待在那里，让他们不受打扰。是的，让他们不受打扰！让他们在我身边开心去吧，让他们在这艘光彩夺目的、干净的、精心装点的船上开心去吧。

庄园主、皮草商和羊毛商在玛塞勒房间前的走廊中走来走去。偶尔，他们中有人会停下脚步，以便强调某个动作或某个音调转折的重要性。

比加想：透过门上的铁丝网，玛塞勒和约瑟夫肯定像我一样能听到这些人的声音。奇怪，他们的谈话竟让我们三个更亲近了。

尽管外面有风声，还有能吞噬一切声响的大海，但这些声音依然显得浑厚、有力。

“我可不想到死都见不到价值三皮阿斯特的牛皮。”一个声音说，“我会看到的！想想吧，我花六十生丁[1]就认识了他。要是我跟您说我觉得这事可悲得很，您会怎么想？”

“这就对了。”

两个男人面露不快，眼泪都快流出来了。他们不停地在玛塞勒房间前走来走去。最后，比加看见两人朝吸烟室走去了。

一段时间过后玛塞勒出现了，她一个人，离上校很近，然后走远了。玛塞勒不知道有人正看着自己，完全没有为击

1　法国以前的辅币。

退爱欲的冲动做什么努力，这冲动甚至扰乱了她的神情。比加觉察到了她的喜悦，一股惊愕沿着他僵硬的脊椎爬了上来。仿佛，直到这实实在在的一刻，他仍不愿承认这个事实，仍然充满希望，仍然想将玛塞勒留给自己未来的幸福。

这个监印工的女儿看起来心不在焉，她折回来，把胳膊支在上校身边的舷墙上，却不知该跟这个痛苦而冰冷的侧影说些什么，她再一次走远了。

上校把自己关在房里，上了两道锁，有好一阵子，他在写东西。

约瑟夫一定要把女朋友带给伙伴们看看，他们说好在远离长官视线的行李舱碰面，就在第二天晚上十一点。

他们顺着一架铁楼梯进入行李舱，下楼梯的时候要倒着走。等约瑟夫和玛塞勒到了那里，水手们已经在临时搭好的大桌子前围坐成一圈了。玛塞勒优雅又大方地把脸伸到他们面前跟他们行贴面礼。约瑟夫一边介绍他们认识："我的同伴们……"*我的妻子*，玛塞勒一边就有了这个想法。舱室响起了热情的欢呼声，但大家在昏暗的灯光下把音量压得很低，仿佛这只是下意识的欢呼。

看到这些年轻的面庞和健壮的身体，玛塞勒不知有多么幸福！她自然地笑着，一个接一个地观察他们。这里到处弥漫着一种格外柔和的庄重，它来自四周的氛围，来自这些人的不安（现在有人可能正在上面找他们），来自这些人的冒险，还有永远在那里的大海。

奶酪洋葱汤端上来了，如此美妙的汤仿佛只有在船上才吃得到。

他们脸上看起来很安心，但所有人都知道某个长官迟早会闯进来，于是大家熄了灯，方便所有人逃跑。

黑暗中，偶尔有箱子嘎吱作响。他们的快乐被关在狭小的船舱里，让人有些喘不过气。可这些属于新鲜空气的男人还是那么耀眼！

比加在远处跟着玛塞勒，知道她正和约瑟夫还有几个水手待在行李舱。玛塞勒进门的时候，比加觉得他跟她的目光相遇了。但玛塞勒没有看见他。

比加藏在昏暗狭窄的走廊中，他等待着，离舱门只有几步远，却什么也做不了。他看见几道菜藏在餐巾下被送了过去，还有几瓶酒，他由此推测这可能是玛塞勒和约瑟夫的订婚晚宴。

他突然强烈地渴望置身那间行李舱，渴望说出“你们可以让我来主持这对新人的结合”。他朝舱门走了几步，敲了两次门，徒劳地想把门打开，他冲着门缝吼叫起来，声音愈发颤抖：“玛塞勒！玛塞勒！玛塞勒！”

然而，机器的噪声盖过了他的喊叫和敲门声。

没有任何回应，上校心灰意冷了，他径直走向客轮最幽暗的角落，走上最高的甲板，藏在救生艇后边，在那里，他避开所有人的目光，严肃地坐了下去。

没有什么会把他跟海水分开了，铁栏杆不会，活下去的欲望也不会。

起立，身体绷直，扎进大海！

可是，在热带海水中，比加的这些动作还有什么意义？客轮结实的船体如庞大的绝望般与他擦肩而过，而在沉重的衣物下，难逃一死的他却开始用胳膊和腿划水？

右胳膊这里是什么阻碍了他的前进？上衣内侧的口袋，他装满证件的大钱包。蠢货！他前一天写的遗嘱，条款能让孩子们受益的遗嘱，跟他自己一起泡在海里了。

他把钱包扔向已经开出好远的轮船，又徒劳地扑腾起来，他跟船的距离硬生生地拉大了。

已经太远了，现在！

巴黎、大西洋、乌拉圭，1924—1926年

图书在版编目（CIP）数据

潘帕斯人：苏佩维埃尔小说集 /（法）于勒·苏佩维埃尔著；顾秋艳，张可馨译．—南宁：广西人民出版社，2022.5
（苏佩维埃尔文集）
ISBN 978-7-219-11355-4

Ⅰ．①潘…　Ⅱ．①于…　②顾…　③张…　Ⅲ．①小说集—法国—现代　Ⅳ．①I565.45

中国版本图书馆CIP数据核字（2022）第053150号

拜德雅 · 苏佩维埃尔文集

潘帕斯人：苏佩维埃尔小说集
PANPASI REN: SUPEIWEIAIER XIAOSHUOJI

［法］于勒·苏佩维埃尔　著
顾秋艳　张可馨　译
肖慧宁　校

出 版 人　韦鸿学　　　　策　　划　白竹林
特约策划　拜德雅　　　　执行策划　吴小龙
特约编辑　任绪军　　　　责任编辑　李亚伟
责任校对　周月华　　　　书籍设计　雨　萌

出版发行　广西人民出版社
社　　址　广西南宁市桂春路 6 号
邮　　编　530021
印　　刷　恒美印务（广州）有限公司
开　　本　889mm×1194mm　1/32
印　　张　9.25
字　　数　185 千字
版　　次　2022 年 5 月　第 1 版
印　　次　2022 年 5 月　第 1 次印刷
书　　号　ISBN 978-7-219-11355-4
定　　价　62.80 元